o caderno de receitas do meu pai

Jacky Durand

O caderno de receitas do meu pai

Tradução de
Ivone Castilho Benedetti

1ª edição

BERTRAND BRASIL

2020

EDITORA-EXECUTIVA
Renata Pettengill
SUBGERENTE EDITORIAL
Marcelo Vieira
ASSISTENTE EDITORIAL
Samuel Lima
ESTAGIÁRIA
Georgia Kallenbach

CAPA
Leticia Quintilhano
IMAGEM DE CAPA
Nilufer Barin / Arcangel
DIAGRAMAÇÃO
Beatriz Carvalho
Júlia Moreira

CIP-BRASIL. CATALOGAÇÃO NA PUBLICAÇÃO
SINDICATO NACIONAL DOS EDITORES DE LIVROS, RJ

D953c Durand, Jacky
        O caderno de receitas do meu pai / Jacky Durand; tradução Ivone Castilho Benedetti. – 1ª ed. – Rio de Janeiro: Bertrand Brasil, 2020.

        Tradução de: le cahier de recettes
        ISBN 9788528624687

        1. Ficção francesa. I. Benedetti, Ivone Castilho. II. Título.

20-64151
                              CDD: 843
                              CDU: 82-3(44)

Meri Gleice Rodrigues de Souza – Bibliotecária CRB-7/6439

Copyright © Jacky Durand, 2020.

Título original: *Le cahier de recettes*

Texto revisado segundo o novo Acordo Ortográfico da Língua Portuguesa.

2020
Impresso no Brasil
Printed in Brazil

Todos os direitos reservados.
Não é permitida a reprodução total ou parcial desta obra, por quaisquer meios, sem a prévia autorização por escrito da Editora.

Direitos exclusivos de publicação em língua
portuguesa somente para o Brasil adquiridos pela:
EDITORA BERTRAND BRASIL LTDA.
Rua Argentina, 171 – 3º andar – São Cristóvão 20921-380 – Rio de Janeiro – RJ
Tel.: (21) 2585-2000 – Fax: (21) 2585-2084

Seja um leitor preferencial. Cadastre-se no site www.record.com.br
e receba informações sobre nossos lançamentos e nossas promoções.

Atendimento e venda direta ao leitor:
sac@record.com.br

*Toda a minha vida é apenas uma receita
que se desenrola dia a dia com altos e baixos.*

Pierre Gagnaire, *chef*

PRIMEIRA PARTE

1

Não paro de arrumar suas mãos sobre a coberta do hospital. Elas são diáfanas como papel de seda. Parecem raízes caídas no leito de um regato. E eu, que as conheci tão vivas e calorosas, mesmo esfrangalhadas da palma à ponta do indicador... Você dizia, rindo, que era "o rei das queimaduras". Nem adiantava ter sempre um trapo enfiado no avental, porque ele era sempre esquecido na hora do sufoco, quando você queria agarrar bem depressa aquelas frigideiras em que virava com os dedos as costelas de vitela e os filés de perca. E queimava-se sem dizer nada, mesmo mantendo as mãos no azeite fervente ou desenformando bolos recém-saídos do forno.

Você dizia que uma queimadura mata outra, que tinha aprendido isso com o velho padeiro que o ensinou a fazer pão na infância. E ria quando eu tocava nas cicatrizes calosas. Eu também gostava de brincar com a última falange de seu indicador, nodosa como um cepo de videira, e queria que me contasse mais uma vez a história daquela deformidade. Você dizia que na época não era muito mais velho que eu. Que estava sentado à mesa em que sua mãe tinha acabado de pôr o moedor de carne para preparar uma terrina. Que se sentia fascinado por aquela engenhoca de ferro fundido: tinha o direito de girar a manivela enquanto sua mãe ia enfiando pedaços de carne de porco. Só que um dia, quando ela saiu, você meteu o dedo no moedor. Foi preciso ir buscar o médico a pé na estrada e depois voltar com ele de charrete. O doutor observou o dedo. Naquela época ainda era impensável fazer qualquer pergunta a um médico. Ele mandou seu pai cortar duas tabuinhas num pedaço de choupo. Você apertou os dentes quando elas foram postas sobre o dedo. Depois ficaram seguras com tiras cortadas de um cinto de flanela de seu pai. O médico disse que voltaria dentro de um mês.

Quando tirou a tala, o dedo estava cor de rosa, e a última falange apontava para a esquerda. O doutor disse que seu dedo estava salvo, mas que você talvez não fosse admitido no serviço militar. Seu pai enrugou a testa, declarando que você ia fazer o tiro de guerra como todo mundo. E você... você balançava a cabeça quando me contava isso e suspirava: "Se ele soubesse que eu faria vinte meses de Argélia." Você continuava raspando o fundo das panelas com a unha do dedo disforme; dizia que ele era prático para esfregar lugares de difícil acesso.

Eu me lembro desse dedo indicador pousado no dorso de uma faca, num saco de confeitar. Você se empenhava como se estivesse decidindo a vida. Então, imediatamente levanto o seu dedo, ele me parece leve e minúsculo como um osso de frango de granja. Muitas vezes tive vontade de torcer essa falange para tentar endireitá-la. Só pensar nesse gesto sempre me deixa aterrorizado. Não, não posso fazer isso. E, mesmo que você já estivesse morto, não faria. Porque continuo assombrado por aquela história que nós, moleques, ouvíamos na escola primária. Uma história de papa-defunto. Durante a preparação do corpo de uma mulher, o pai de um coleguinha tentou endireitar uma perna atrofiada por um câncer. O membro se quebrou, o agente funerário foi para o olho da rua.

Roço mais uma vez suas mãos. Queria que elas se mexessem, um milímetro que fosse. Mas parecem até as espátulas que você dependurava no exaustor depois de ter dado um baile nelas durante todo um expediente, virando suas *galettes* de batatas. Procuro no criado-mudo o frasco de perfume que lhe dei no Natal. *Pour un homme*, de Caron. "Vai ver, é bom para um senhor da idade dele", disse a vendedora da *gare* de Lyon. Eu fiz sua barba no dia 25 de dezembro de manhã e você segurou minha mão:

— O que é isso?
— Cheiro bom.

— Nunca usei.

Você me deixou aplicar umas gotas no pescoço, resmungando:

— Cozinheiro não se perfuma. Senão, se estraga o nariz e as papilas.

Você cheirou, com ar sisudo, e se saiu com esta:

— Você me obriga a fazer cada coisa.

Molho as mãos de perfume e massageio com delicadeza seus dedos, as palmas das mãos.

Três dias atrás, depois do expediente da noite, eu estava sem sono. Decidi dar uma volta de van pela cidade. Acendi um Camel, ouvindo *No Quarter*, do Led Zeppelin. Barulho, como você dizia. A noite estava fria, as ruas, desertas. Por um instante, pensei em ir tomar uma cerveja no Café de la Paix. Mas tinha vontade de ver você. Dei uma esticada até o hospital, digitei o código da porta do setor de cuidados paliativos que Florence, a enfermeira da noite, tinha me dado. O corredor estava numa penumbra alaranjada. A porta do seu quarto estava entreaberta e, na claridade do quebra-luz, descobri um jogo de sombras engraçado que você criava com as mãos, de olhos fechados. Estava esfregando as palmas das mãos uma contra a outra como se sovasse a *pâte sablée* da torta de limão que figurava no seu cardápio de sobremesas. Depois, afastava os dedos, fazendo um movimento rápido de pinça. Será que estava tentando retirar pedacinhos de massa? Sentei-me à beira da cama e fiquei olhando. Disse baixinho: "Papai, você não perdeu a mão." Não esperava resposta. Só tinha a esperança de que você me ouvisse. Senti passos tranquilos atrás de mim.

— O que ele está fazendo? — perguntou Florence, baixinho.

— Sovando massa. Achei que estava fazendo uma massa podre, mas é pão. Veja, está tirando os pedaços de massa colados aos dedos.

— São bonitos os gestos dele.

— Quando é que ele vai partir?

— Isso é ele que decide.

2

Esta noite ainda ouço as palavras de Florence quando estava cuidando de você. Hoje é sábado, ela está de folga. Antes de você entrar em coma, há três semanas, os dois conversavam muito sobre cozinha à noite. Você descrevia seus pratos, os ovos *pochés* com cantarelos e vinho amarelo, os pêssegos sanguíneos em calda. Ela se regalava, ouvindo contar o seu modo de fazer *quenelles*. E, quando eu dizia que ela lhe jogava charme para lhe arrancar receitas, você negava com a cabeça: "Nem ela nem ninguém", dizia com uma risada embravecida.

    Florence tem verdadeira afeição por você. Sinto que sua solidão a comove. Há seis meses, desde sua hospitalização, ela fecha os olhos para minhas artimanhas. "É incomível", foi o que você decretou na primeira refeição que lhe apresentaram. Então eu lhe trouxe umas "comidinhas", como você exigiu. Eu desdobrava cuidadosamente uma toalha xadrez vermelha em cima da cama. Preparava seu prato segundo seus desejos: salada de batatas; *rémoulade* de aipo; presunto cozido com feno; filés de arenque com batatas no azeite; *pâté en croûte*. E sempre um bom pedaço de queijo: *comté* 24 meses; *époisses*; *saint-marcellin*. Você até quis ovos nevados, para depois me criticar por ter posto "baunilha demais". Também enfiei numa mochila uma "garrafinha de vinho" e uma taça balão. Precisava ser tinto, condimentado, com notas de frutas negras.

    Na véspera do coma, eu lhe dei comida na boca. Compota de maçã com uma pitada de canela e limão. Você já não falava. Desde então, não comeu nada. Fazem-lhe infusões intravenosas de um coquetel de midazolam e sulfato de morfina. E você, que sempre repetia: "Se um dia eu souber que estou fodido, a coisa vai ser rápida." Eu jamais imaginaria que você levaria tanto tempo para morrer.

Certa noite, perguntei a Florence:

— Por que ele se agarra assim à vida?

Depois de um silêncio interminável, ela respondeu:

— E se ele estiver lhe dando tempo para se despedir?

Essa frase me deixou incomodado e me assombra desde então. Às vezes me sinto culpado pelo coma. Fico me dizendo que, com minhas lamentações, minha tristeza de viver, causo-lhe sofrimento, impedindo-o de partir. Um dia me acheguei ao seu ouvido porque queria dizer: "Papai, pode ir, se quiser", mas as palavras ficaram bloqueadas.

À medida que levanto a camisola hospitalar para friccionar o perfume em seu corpo, vou descobrindo a pele marcada pelos vasos em que o sangue parece coagulado. Você vai partir esta noite. Tive certeza disso hoje pela manhã, quando comecei a preparar volovãs para o jantar do dia de São Valentim. Os fregueses pediram esse prato, que você sempre serve em 14 de fevereiro. Comecei com a massa folhada. Primeiro, dividi-la em duas partes e estendê-la com o rolo antes de fazer os cortes redondos com o modelador. Depois, montar os volovãs e dourá-los com ovo batido. Quando tirei do forno, fiquei decepcionado com o resultado. O folhado não estava bem inflado. Eu não sabia se precisava prolongar o tempo de forno. Gostaria que você estivesse por perto para me aconselhar. Abri a janela e acendi um cigarro, bebericando o café, na noite de névoa congelada. Entendi que você nunca mais voltaria para me dar bronca na cozinha.

Você nunca me ensinou nenhuma receita. Ou melhor, nunca no sentido em que se ensina na escola. Nada de fichas, quantidades, lições, precisei surrupiar tudo olhando, ouvindo. Quando você me dizia: "Ponha sal", eu perguntava: "Sal como? Quanto?" Você levantava os olhos para o céu, minhas perguntas o irritavam. Pegava minha mão bruscamente e depositava nela um pouco de sal grosso: "Ponha assim, na mão em concha, para calcular a quantidade. Não é complicado, afinal, com a mão em concha você pode medir tudo." Quando me falava de uma "colher de sopa de farinha", eu precisava adivinhar se era uma colher de sopa rasa ou cheia. Também nunca consegui arrancar de você um tempo de cozimento. Dizia: "Você tem uma faca e tem olhos, é o que dá e sobra para saber se está cozido ou não."

Hoje de manhã, cozinhando lagostins em *court-bouillon*, eu me perguntei de novo onde você teria enfiado seu caderno de receitas. Aquele caderno é mais ou menos como uma bolha que vem rebentar na superfície de minha memória. Às vezes basta um nada para que ele surja como um sonho acima de meus fogões. No outro dia, estava buscando uma ideia de recheio para o frango assado quando lembrei que às vezes você punha um *petit-suisse* dentro da ave. Surgiu uma imagem: é domingo, você e mamãe estão na cama, recostados nos travesseiros. O caderno de receitas está sobre as pernas dela, que dá mordidinhas no lápis. Percebo que você se irrita com as perguntas que ela faz, tamborilando com malícia a tigela em que você toma café: "E aí, chef, vem ou não essa receita de recheio de frango?" Você levanta os olhos para o céu. Detesta ser chamado de "chef". Afunda a cara na tigela e resmunga: "Enfia um *petit-suisse* no cu do frango."

Quantas vezes me lembrei desse gesto ao hesitar diante de minhas panelas? Quantas vezes folheei em sonho seu caderno, sozinho diante de meus fogões? Revejo-o nas mãos de mamãe: tem capa de couro e por dentro escorre o fluxo regular da caligrafia para dizer ingredientes, modos de cozimento, truques, sabores. Eu, que sempre detestei molho bechamel, gostaria de tê-lo aprendido passo a passo, transcrito no papel, e não espiando seus gestos.

Em vez disso, você preferiu dar sumiço nele num daqueles seus dias de raiva fria.

3

Hoje à tarde, fui buscar Lucien para evitar que pegasse a mobilete. Ele envelheceu depois que você ficou doente e pena cada vez mais na cozinha. Anda curvado como um caniço, ele que era tão ereto diante dos fogões. Nunca ouvi você falar dele como seu *sous-chef*. Dizia "Lulu", "meu Lulu". Lucien é um sujeito calado. Apesar disso, hoje à tarde, na van, me perguntou: "Como ele está?" Eu respondi: "Estacionário." Não tive coragem de confessar que você vai morrer esta noite. Você é a vida para Lulu, e sabe disso.

Ele vestiu o avental e calçou os tamancos. Examinou demoradamente o pré-preparo dos volovãs. Viu a trufa que eu queria ralar pouco antes de servir. Perguntei por que estava sorrindo: "Lembra a cara do velho quando você acrescentou trufa ao *pâté en croûte* dele? Disse que aquilo já não era receita dele, que você tinha dinheiro para jogar pela janela." Nunca vi você usar trufa na cozinha. "Longe demais, caro demais. Além disso, ela sufoca todos os outros sabores", você repetia. Você só tinha fé nos cogumelos *morilles*. Aqueles das paragens de Lulu, que os trazia às cestadas.

Um dia achei que tinha encontrado aquele diacho de caderno de receitas. Lulu estava fazendo a sesta no quintal, você tinha ido colher cerejas para os *clafoutis*. Vasculhei as bolsas presas à mobilete de Lulu e descobri, no meio de uns trapos sujos, uma ponta de capa de couro. Estava a ponto de tirá-lo da bolsa quando Lulu me pegou de surpresa. "O que é que você está escarafunchando aí, garoto?", perguntou com um tom que não era de raiva. Senti que enrubesci. Não me passava pela cabeça mentir para Lulu, que era franco e modesto demais. Murmurei: "Achei que tinha visto o caderno de receitas de meu pai." Lulu me convidou a pôr para fora o conteúdo da bolsa. O couro era de um velho protetor de caderno que continha folhas de jornal meticulosamente dobradas: "Eu uso para embrulhar peixe quando vou pescar. E também as verduras e os cogumelos", explicou. Fiquei sem ação. Era incapaz de explicar a Lucien que não parava de pensar no caderno desde que meu pai tinha tentado queimá-lo no fogão a carvão. Fechando a bolsa, Lucien me disse com carinho: "Não pense mais nisso, senão o velho vai ficar fulo da vida."

Lucien chama você de "velho" desde que os dois tinham vinte anos e você era sargento dele na Argélia. Você nunca precisou lhe dar uma ordem na cozinha. Sempre disse que Lulu lia seus pensamentos quando você esquadrinhava as falésias à procura de alguma gruta onde pudesse haver combatentes argelinos escondidos. Ele adivinhava quando um molho não lhe agradava e tinha sempre ao alcance um pouco de manteiga e farinha para misturar e corrigi-lo.

Esta noite, deixei-o preparar *gougères* de aperitivo. Eu não quis lhe dizer que era preciso deixar todo o espaço para os volovãs. Além disso, Lucien adora papariscar Guillaume, o aprendiz a quem ensinou essa receita. É espantosamente tagarela com o rapaz. Mostrou-lhe como modelar as *gougères* com uma colher de sopa. Vou dizer uma coisa, em você nunca vi tanta paciência.

Fizemos uma boquinha antes do expediente. Lucien e Guillaume comeram a carne que ainda restava na carcaça da galinha. Eu comi uma *gougère*. Tinha sede de um bom vinho. Fui à adega e escolhi um que você me deu, um Beaune, Vigne de l'Enfant Jésus. Lucien ficou me examinando demoradamente, com seu olhar de Buster Keaton. Fui buscar três belas taças. "Experimente", disse a Guillaume, "esse é bom".

Adoraria que você nos visse quando empratamos os volovãs com Lucien. Guillaume tinha aquecido muito alguns pratos. Pusemos as carnes no centro e acrescentamos as *quenelles* e o molho dos dois lados do folhado. Ralei a trufa. Chloé, a moça que faz extras no serviço das mesas, não tinha coragem de pegar os pratos no passa-pratos. Perguntei se ela estava com medo da "quentura". Ela respondeu que não, que era porque meus volovãs estavam bonitos demais, que nunca tinha visto nada igual, que nos restaurantes em que havia trabalhado usavam folhados industrializados e guarnição em lata. Eu me lembrei do que você dizia: "Aqui se faz tudo, ou então não é cozinha."

Às 21h30, deixei Lucien, Guillaume e Chloé terminando o expediente. Vim devagarinho para o hospital. Esta noite a cerração está de cortar com faca. Sentei-me num banco do parque para fumar um cigarro. Pensei de novo na luz de outubro sobre as folhas douradas, enquanto passeávamos, eu empurrando sua cadeira de rodas. Você me deu uma bronca quando acendi um cigarro: "Pare com isso, já viu o que foi que isso fez comigo." Perguntei por que você tinha fumado um Gitanes sem filtro atrás do outro durante toda a vida, desde o primeiro café na cozinha até as 23 horas, quando polia o inox do fogão. Você sussurrou: "Me ajudou a aguentar." Eu sabia que não era preciso fazer mais perguntas.

Quando entrei aqui no quarto, sabia que era nossa última noite juntos. Acabei de perfumar sua pele. Estou tentando pôr em ordem o que lhe resta de cabelos desde que a radioterapia lhe queimou a cabeça. Sei que você aceitou esse tratamento extremo por mim, esperando arrancar um punhado de semanas à morte. Mas me recrimino por ter feito você suportar aqueles raios medonhos naquele subsolo do hospital. Toco sua boca, que parece uma casca de pão amanhecido. Umedeço os lábios com um pouco de Vigne de l'Enfant Jésus, eu despejo um bocado para mim na sua taça, que está no criado-mudo. Digo: "A você, papai" e bebo num trago só. O vinho queima o oco que cresce na minha barriga à medida que sua respiração definha. Lembro-me de meu primeiro gole de vinho com você. Eu devia ter dez anos. Tínhamos ido a Corgoloin, na manhã de um domingo cinzento de janeiro. Você frequentava um vinhateiro que pronunciava os *rr* batendo a língua nos dentes e falava com voz fanhosa. Os dois faziam uma degustação junto a cada tonel. O vinhateiro falava muito, você dizia algumas palavras depois de fazer o vinho rolar na boca. Estávamos sentados num bloco de madeira, você havia levado uns queijinhos de cabra duríssimos e um pão redondo seu. Logo de cara adorei o gosto do *pinot noir* com o queijo de sabor forte.

Na parede do quarto, o relógio marca dez e meia. Tiro os sapatos, o velho suéter marrom de gola alta com zíper, sento-me na beirada da cama e o abraço. Digo: "Sabe que teria dado para ouvir uma mosca voar enquanto eles comiam os volovãs agora há pouco? Só o ruído das facas e dos garfos e do prato raspado no fim. E você tem razão quanto à trufa, sempre é demais, a não ser talvez em omeletes. Sem você, minha cozinha não teria nenhum sentido, nenhum gosto. Você me ensinou sem dizer nada. Agora pode partir, papai. Tivemos uma boa vida juntos, mesmo que isso não fosse visível todos os dias. Eu amo e amarei sempre você. Como amo e amarei sempre minha mãe."

Seu peito se contrai num último sopro longo como um balão inflável a se esvaziar. Dou-lhe um beijo e puxo o lençol até seu pescoço. Fecho a porta do corredor, sussurrando à enfermeira: "Acabou."

Lá fora, a cerração me enregela até os ossos. Fico pensando como você vai ficar na terra gelada. Lucien me espera na cozinha, está lendo o jornal sobre a bancada. Repito: "Acabou", e encho duas taças com o resto da garrafa de Vigne de l'Enfant Jésus. Maquinalmente, abro a gaveta da mesa. Como se fosse encontrar ali o caderno de receitas. Mas só há um pacote de lenços de papel. Você deve tê-lo levado para o túmulo. Essa gaveta vazia é como se você tivesse acabado de morrer pela segunda vez.

4

É manhã de um domingo de inverno, devo ter cinco anos. Uma luz ensolarada se projeta através das venezianas. Não adianta andar nas pontas dos pés, a escada de madeira range quando você desce para a cozinha. Acende o fogão a carvão, bate o grande caldeirão na pia quando vai enchê-lo, pois sempre precisa de água quente quando está nos fogões. Não adianta repetir que o aquecedor central está ali para isso, a água precisa vibrar em cima do fogão. "Vibrar, não ferver", diz você. "A cem graus, a água mata tudo." Depois vem o barulho do moedor de café, que ruge. Você detesta os espressos da máquina, servidos aos clientes nas mesas. Precisa do "suco de caserna", como diz. É uma mistura de arábica e robusta que rende uma bebida ácida com gosto de queimado. Você sempre faz o suficiente para um regimento numa grande cafeteira de metal e a mantém aquecida na beirada do fogão até sua última xícara, antes de subir para dormir. Só você mesmo para tomar esse café "duro como a justiça", diz Lucien, preparando um chá.

Quando sinto o cheiro do café subir até o andar de cima, levanto-me. Vou saltitando até o quarto de casal, pois quero conferir se mamãe ainda está dormindo. Principalmente porque tenho medo de encontrar a cama vazia, de ela ter ido embora. Esse é sempre um medo esquisito que me aperta o peito. No entanto, ainda na véspera, ela me disse: "Te amo", quando me agarrei a ela, deitado em minha cama. Sempre preciso apertá-la com força antes de dormir. À noite mamãe tem cheiro de creme Nivea, como o que ela passa nas minhas bochechas quando ficam queimadas pelo frio. Você, não, você me lança um: "Boa noite, meu garoto", do seu quarto. E ontem à noite acrescentou: "Faz brioche comigo amanhã?" Gritei um sim cheio de risadas. Mamãe cochichou: "Você me deixa dormir amanhã, malandrinho." Nessa manhã, empurro devagar a porta e vejo uma mecha acaju entre o edredom e o travesseiro, onde a cabeça dela está afundada. Papai está assobiando na cozinha.

Continuo com meu brinquedo inseparável, um velho ursinho de pelúcia esbodegado, quando chego à cozinha. "Já levantou", diz você, fingindo surpresa como sempre. "Não ponha o urso perto do fogo. Já queimou uma orelha dele. Está com fome?" Faço não com a cabeça. Você me levanta pela cintura e me coloca sobre a bancada. O inox gela minhas nádegas através do pijama. Você umedece o café devagar com a concha que mergulha no caldeirão. Gosto desse gesto despreocupado e concentrado. Retira um pouco de café antes que a cafeteira se encha de todo e vem se encostar perto de mim. Mergulha o nariz na caneca, soprando e aspirando ao mesmo tempo. Tateando, procura o maço de Gitanes. Tira um e bate a ponta no inox. Acende o isqueiro Zippo rolando-o sobre a coxa e puxa uma longa tragada que leva tudo para o fundo dos pulmões. Vai saber por que, só o contato de sua pele tépida basta para me fazer amar o fumo de cheiro forte.

Você esmaga o cigarro e bate palmas, comandando: "Ataquemos o brioche!" Tira um cubo de fermento biológico da câmara fria. Tenho o direito de esfarinhá-lo na tigela em que você despejou o leite. Cheiro a mistura, o perfume me inebria. É um pouco como o cheiro de mamãe, agridoce quando faz calor. Você deixa cair uma chuva de farinha ao lado dos ovos. Como no caso do sal, não pesa nada. Faz malabarismos com a colher que lhe serve de medida e com a qual experimenta. Ela está sempre ao alcance da mão. Depois de a mergulhar em caldo de carne ou em compota de ruibarbo, você a enxágua numa jarra de água com outros talheres que usa na hora do sufoco. Enxuga-a correndo no pano de cozinha. Ignora o uniforme branco e a touca de cozinheiro. Seus aventais são sempre azuis, por cima de uma camiseta branca e uma calça *jeans*, pés sem meias em tamancões de couro preto. Às vezes, entre dois pratos, você bate com a colher o compasso no cano frontal dos fogões, cantarolando Sardou ou Brassens. Aos domingos, ouve fitas cassetes na cozinha. Principalmente Graeme Allwright. Sabe de cor a letra de "Jusqu'à la ceinture". Você ruge, arregalando olhos: "*On avait de la flotte jusqu'au cou et le vieux con a dit d'avancer.*"[1] E encadeia: "Agora você me faz um monte com a farinha como se fosse areia." Eu mergulho deliciado as mãos na farinha, que é seda entre meus dedos. Ponho a deslizar, empurro sobre o inox o pó branco e me regalo com seu contato. Também gosto da crosta da costela de boi, da casca da cebola amarfanhando-se entre meus dedos, do pau de canela, do veludo da pele do pêssego de agosto.

"E agora você faz um poço no meio da farinha." Suas mãos guiam cuidadosamente as minhas, antes de despejar o leite e o fermento. Quero quebrar os ovos. "Espere um pouco, a gente vai fazer de outro jeito." Põe uma tigela na minha frente. Tenho de quebrar o ovo na beirada, mas o esmigalho, misturando gema, clara e casca. Você sorri: "Não faz mal." Pega outro ovo e outra tigela, mas não joga nada fora. Nem a parte verde do alho-poró, nem carcaça de frango, nem casca de laranja. Tem a arte de transformar tudo isso em caldos, em pós. "Seu pai, se pudesse, reciclaria a fumaça dos Gitanes", diz Lucien. "De novo", diz, retirando os pedaços de casca do ovo que quebrei. Vibro de alegria quando consigo quebrar o segundo corretamente. Você os bate com energia antes de incorporá-los à farinha. Toma posição às minhas costas, sinto seu punho sobre minhas mãos: "Vamos, agora é sovar, sovar." De início me aplico, depois dou risada, quando meus dedos colam na mistura. Você me repreende: "Não faça besteira, a massa precisa se tornar elástica." Acrescenta manteiga em ponto de pomada, eu chupo o dedo, pois adoro o gosto de avelã da manteiga que a gente vai buscar todos os domingos à noite na queijaria, mais o creme de leite, os queijos *comté, morbier e bleu de Gex*. Você sussurra "Está bom", colocando a massa numa bacia e cobrindo-a com um pano. "Vai ver como ela dobra de tamanho. Pronto, agora a gente vai buscar ostras para a mamãe."

---

1. "A gente tinha água até o pescoço, e o idiota mandou avançar". Faz parte da letra de *Jusqu'à la ceinture* (Até o cinto). [N.T.]

Moramos numa cidadezinha onde o mar é um sonho longínquo. Na ruela que sobe para a praça da prefeitura, há uma caverna esquisita que parece cavada na rocha. A peixaria é um antro assustador para meus cinco anos. O dono tem a cara amedrontadora de seus peixes-de-são--pedro. Funga o tempo todo e parece resfriado, no verão ou no inverno. Dá a impressão de estar grunhindo, fala engrolado, enquanto bebe sua taça de vinho branco, que ele serve com um punhado de camarão--cabra. Fico colado ao aquário, onde o balé das trutas me hipnotiza e entristece. Choro sua morte próxima, com uma porretada no cocuruto. Fico triste do mesmo jeito quando surpreendo mamãe sozinha na cama de casal, com o olhar voltado para a janela.

No outro dia, estava nua entre os lençóis desarrumados. Não me viu chegar. Fumava um dos Gitanes de meu pai. Tinha um ar bem distante, na bruma do cigarro. Sei quando ela está no mundo dos livros, mas naquela hora parecia estar num alhures onde nem meu pai nem eu tínhamos lugar. Felizmente se virou com um sobressalto quando mordi uma bala. Puxou o lençol até os ombros e sorriu para mim.

5

Na volta, você põe o saco de ostras no parapeito da janela: "Viu a massa? Dobrou de tamanho." Toco com o indicador aquele ventre inchado que exala um cheiro bom de fermento. Não entendo por que você a maltrata, rasgando-a e dobrando-a. "Você vai ver, ela vai crescer mais", promete, desdobrando *L'Est Républicain* sobre o inox e acendendo um cigarro. Debruça-se sobre as páginas, com a mão esquerda e o cotovelo direito em cima da bancada. Desde que o conheço, lê o jornal de manhã. Sei que não devo incomodá-lo. Não é tanto o conteúdo que lhe importa quanto a leitura. Você decifra as palavras como saboreia a cozinha: meticuloso e intranquilo. Chegou cedo demais à boca do forno para ter a segurança do saber. No entanto, sabe concordância, conjugações, mas a caneta Bic hesita no papel quando você precisa redigir um pedido. Tem a curiosidade jubilosa dos autodidatas quando aprende uma palavra, descobre um novo mundo na televisão, comigo no colo. Gosta de "Cinq colonnes à la une"[2] e de Frédéric Rossif contando a vida dos animais. Mas parece envergonhado quando contempla mamãe corrigindo as lições dos alunos. Um dia, abriu um *Lagarde et Michard*[3] e o fechou rapidamente, como se tivesse sido apanhado em falta. Mamãe

---

2. Literalmente, "cinco colunas na primeira página" (referência às edições impressas de jornais), programa informativo que apresentava fatos, lugares, atores dos acontecimentos, tudo intercalado por uma série de entrevistas, chegando-se a uma conclusão. Foi transmitido de 1959 a 1968. [N.T.]
3. Livro didático que reúne biografias e textos de autores representativos da literatura francesa. [N.T.]

sorriu e sussurrou: "O livro não ia te comer." Muito depois, você me falou das aldeias da Argélia, onde ninguém sabia ler nem escrever.

Mamãe é professora de letras no liceu. Você lhe diz o tempo todo: "Você é minha burguesa intelectual", e isso a deixa nervosa. Não falou desse jeito quando a conheceu. Era um dia de setembro, chuva e folhas molhadas. Ela empurrou a porta, com os olhos incomodados pela fumaça de cigarro. Nicole não tinha notado sua presença; estava preparando uma rodada de Picon Bière. Foi Lucien que deu um puxão na manga da blusa dela quando subiu da adega. Nicole ficou irritada, ele a atrapalhava em seu "menu fechado". "Para comer? Uma pessoa?" Mamãe balançou a cabeça, intimidada. Nicole percorreu a sala cheia de *habitués* às mesas. No seu restaurante, cada um tinha um lugar próprio, quase sua própria argola de guardanapo. Era inadmissível colocar uma estranha num lugar qualquer. Nicole hesitou, depois perguntou: "Se eu liberar a mesinha perto da janela, tudo bem?" Mamãe disse que sim, esboçando um sorriso. Nicole tirou as plantas suculentas e as velhas revistas da mesa, abriu uma toalha de papel e pôs um prato e talheres. Mamãe se sentou e não ousou dizer que o menu fechado inteiro era muito para ela. Não tocou na jarrinha de vinho, mas acabou comendo tudo, com apetite. Havia uma salada de beterraba e alface-de-cordeiro, um assado com batatas à *boulangère* e uma torta de maçã.

Voltou no dia seguinte e nos outros. Sempre no mesmo lugar, com um livro aberto diante do prato. Nicole ficava intrigada com o fato de alguém conseguir ler comendo. Alguns clientes se aventuraram a lhe oferecer um aperitivo, um café, mas ela sempre recusou educadamente, com um sorriso breve. Um dia, você pôs a cabeça pelo passa-pratos e olhou para aquele raio de freguesa solitária. Sorriu. Só isso. Conversaram pela primeira vez numa sexta-feira. Você tinha feito merluza com batatas cortadas em cubos e salteadas em fogo alto numa frigideira de metal prensado do Val-d'Ajol. Estava em pleno ato de sacudi-las energicamente quando Nicole gritou: "A senhorita solitária pergunta se pode receber uma quantidade extra de batatas." Você encheu com abundância um prato salpicado de cebolinha e levou-o pessoalmente ao salão. As primeiras coisas que minha mãe viu foram o dedo deformado e os olhos azuis. Você disse:

— Henri, a seu dispor.

Ela riu:

— Mas tem três vezes mais.

Você encolheu os ombros com uma ponta de ironia:

— Senhorita?

— Hélène.

— Em minha casa, senhorita Hélène, tudo é muito, ou então é nada.

Parece que foi com essas palavras que você seduziu mamãe.

Fico olhando você enfurnar o brioche na goela preta do forno. É como quando abre o forno para regar os frangos com aquela colher faz-tudo. Para mim, você é o senhor do fogo; um mágico quando faz o brioche crescer; um ladrão de caixa-forte quando abre as ostras; um rei mago quando bate creme chantili e derrete chocolate amargo para mim. A cozinha se enche do perfume do brioche que está dourando e da laranja espremida. É temporada de pêssegos sanguíneos. Você os despela com capricho e me deixa colocar as fatias num prato. Acrescenta algumas gotas de água de flor de laranjeira. Diz que isso lhe lembra a Argélia.

Eu subo com um copo de suco de laranja para mamãe. Ela abriu as cortinas, levantou os travesseiros e está lendo um livro grosso com seus óculos de tartaruga. Mamãe lê o tempo todo. Há pilhas de livros e revistas no criado-mudo dela e um pote cheio de lápis de papel. Às vezes, ela faz anotações nos livros, e acho fascinante que alguém possa escrever sobre texto impresso. "Toma suco de laranja comigo?" Digo que não. Espero o brioche com chantili e chocolate.

Você busca o olhar de mamãe quando ela volta a ler, mordiscando um pedaço de brioche. Você acaricia a lombada daquele livro grosso. Assume um tom falsamente ingênuo:

— Quem é Simone de Beauvoir?

— Uma *écrivaine*.

— É "*écrivaine*" que se diz?[4]

— Claro, e também se poderia dizer "*cheffe*" com dois "f" e um "e" na cozinha.

Você dá uma gargalhada e a provoca:

— Ah, isso ainda tem muito chão pela frente. Gostaria de vê-la de manhã subir com o carvão para acender os fogões.

— Você sabia que existem fogões a gás e a eletricidade?

— Nada se compara ao carvão para o fogo brando. Vá deixar meu Lulu sem carvão, ele morre — diz você, tirando os óculos de tartaruga de mamãe.

— O que está fazendo? — pergunta ela.

— O que acha?

Mamãe segura os óculos olhando para você com um ar sombrio. Você insiste, pegando-a pelo pescoço. Ela sacode a cabeça para se desvencilhar. Você sorri baixinho, embaraçado:

— É domingo.

— É, e daí? — responde mamãe, em tom seco.

Não gosto desse "e daí?". Ela vira uma página e retoma a leitura. Você se levanta e suspira ligeiramente:

— E daí nada.

Volta para a cozinha. Eu também, sozinho com mamãe, tenho a impressão de ser demais naquele quarto.

---

[4]. Em francês, sempre foi usual usar uma só palavra (*écrivain* = escritor[a]) para o masculino e o feminino. A personagem acrescenta um *-e* à palavra, como sinal de feminino. O marido estranha. [N.T.]

6

Não faz tanto tempo que você tirava os óculos de mamãe, aproximava-se dos lábios dela, e ela afastava a boca, divertida. Queria prolongar sua impaciência: "E se a gente pitasse um?" Você pegava o maço de Gitanes no criado-mudo e se virava para mim: "Agora você vai brincar no seu quarto, menininho." Eu obedecia como um bom soldado, enquanto você fechava a porta, e os dois ficavam dentro.

Não faz tanto tempo que éramos felizes. Todo verão, Lulu e você preparavam uma *paella* gigante no fogão a lenha do quintal do restaurante. Era uma odisseia aquela montanha de arroz, mexilhões, lulas, chouriços, coelho, frango cozendo devagar num fogo competentemente alimentado por Lucien. Eu tinha o direito de acrescentar alguns cavacos às brasas. Na cozinha, havia uma foto minha com três anos de idade, sentado na frigideira da *paella*, com Lulu e você segurando as alças. Mamãe não gostava desse tipo de piada. Gritou muito no dia em que você a chamou à cozinha e levantou a tampa do caldeirão onde tinha me escondido.

Todo domingo mamãe lhe pedia que encomendasse uma bandeja grande, mas você insistia em pôr a frigideira de *paella* em cima da cama. "É nosso almoço sobre a relva"[5], brincava, servindo as ostras, a salada de laranjas e o brioche morno. Não tínhamos o direito de nos servir. Era você que preparava nosso prato. As ostras arrumadas em forma de estrela para mamãe, pão integral com manteiga e uma fatia grossa de

---

5. Referência ao famoso quadro de Manet. [N.T.]

brioche coberta com uma camada de chocolate quente e chantili para mim. Todo domingo, também, tínhamos direito ao "cinema". Você fazia de conta que tinha esquecido alguma coisa e descia as escadas. Mamãe piscava para mim, pondo uma ostra suculenta na boca. Eu ia debicando minha cupulazinha de chantili para durar mais. Ouvíamos você subir as escadas sem pressa, havia algo de jubiloso em seus passos. Você aparecia com um vaso azul com três ramos de forsítia em flor e uma taça de champanhe na mão direita. Mamãe sorria, balançando a cabeça. Você sussurrava: "Para minha princesa", e às vezes acrescentava ainda mais baixo: "Minha puta burguesa." Mamãe franzia a testa: "Cala a boca."

Tenho ainda na memória a imagem de vocês dois durante nossos "almoços sobre a relva no domingo". Mamãe está sentada em posição de lótus na cama, bebe a champanhe em pequenos goles, entre duas ostras. Você não tirou o avental, está com a caneca de café no colo, as costas contra um travesseiro. Mordisca uma fatia de laranja, acende um cigarro. Acho que nunca vi você se sentar à mesa para fazer as refeições. Aliás, será possível falar em refeição quando se recolhe com pão um resto de bife à borgonhesa na própria caçarola, quando se raspa uma casca de queijo *comté* com a faca profissional? No verão, engolia um tomate com uma pontinha de sal; no inverno, desfolhava uma escarola e a mergulhava no vinagrete. Às vezes, depois do expediente, Lucien preparava para os dois uma omelete com o resto de um maço de cebolinha, repartia um último pedaço de torta. Parece que na Argélia faziam o mesmo, comendo juntos um pão de cevada embebido em azeite de oliva, algumas amêndoas, em vez do rancho do regimento e das rações de combate. Quando mamãe dizia que você se alimentava mal, você respondia que "sempre teve o costume de comer como os cavalos de pau", que os cozinheiros são assim, que gostava era de cozinhar para os outros, e não para si mesmo.

Demorei a entender que você fazia tudo para que mamãe não tocasse numa panela. É preciso dizer que, no apartamentozinho acima do restaurante, não havia cozinha. Os fogões eram seu reino, e nele mamãe não tinha lugar. Ela raramente se aventurava a entrar ali, pouco à vontade, perdida quando se tratava de encontrar açúcar ou pedir um pouco de compota para mim. No restante do tempo, nossas refeições ficavam no passa-pratos e nos instalávamos junto à mesinha perto da janela a que mamãe tinha se acostumado. Nunca comíamos o menu do dia. Você se achava no dever de preparar "alguma coisa especial". Mamãe era louca por rins de vitela. Você os preparava com perfeição, rosados exatamente como ela gostava, deglaçados com porto, espessados com molho-base de vitela, creme de leite e mostarda. Para mim, empanava escalopes finos com cobertura crocante de pão. Preocupava-se: "Está bom?" Mamãe e eu dizíamos que sim, com a boca cheia como duas crianças. Mas, no fundo, eu achava que você não lhe concedia o direito de cozinhar.

Em nosso último almoço sobre a relva, mamãe lhe deu um presente. Talvez tenha sido a partir desse bendito presente que nada mais foi como antes. Na cama, ela pegou um espesso caderno de anotações e o colocou diante de você. Encadernado com um belo couro fulvo, tem folhas cor de marfim, suaves ao toque. As páginas são marcadas por uma fita vermelha. Você fica intrigado: "É para o seu trabalho?" Mamãe olhou para você com aquela ternura um pouco cansada que acompanhava com frequência as incompreensões entre os dois:

— É para escrever suas receitas.

— Escrever? — repetiu você várias vezes, elevando o tom. Na sua opinião, ela não tinha entendido nada daquela maldita profissão. Sim, você tinha se tornado cozinheiro. Regalava seu mundo, o Relais Fleuri funcionava como um relógio. Você poderia crescer, fazer banquetes, casamentos... Mas aquilo era ignorar o diabo de vida que o levara a fazer aquela escolha entre um trem e outro. Antes, tinha sido aprendiz de confeiteiro e sargento, mas, no fundo, estava convencido de que não havia decidido nada, de que tudo aquilo era o destino, o "maktub", como se dizia do outro lado do Mediterrâneo. Quando entrava em alguma conversa de bar, muitas vezes repetia: "De comer ninguém escapa." Tornou-se cozinheiro para se sustentar. Mas será que não teria preferido ser oficial de marinha mercante? Médico? Engenheiro florestal? Um dia, assumiu a defesa de um rapaz da ZUP[6] que se tornara assaltante. Falava-se de seu processo no jornal. Na sua opinião, ele se tornara assaltante "por ser do lado ruim da cidade, e não do lado burguês". Com a seguinte frase, deixou em silêncio os companheiros de bar:

— Idiotice por idiotice na vida, prefiro um assaltante a quem vive de rendas.

— Você não pode dizer isso, Henri — murmurou um freguês.

Você lhe respondeu friamente:

— E por que é que não posso?

Nos filmes, preferia os sacanas, os samurais, os desertores aos galãs e heróis. Lembro-me do dia em que o levei para ver De Niro em *Taxi Driver*. Você disse: "Podia ter sido eu, se não tivesse voltado da Argélia com Lulu."

Ninguém podia entender a raiva resignada que havia na frase "De comer ninguém escapa". Nem mamãe. Professora concursada de letras modernas, em vias de retomar sua tese sobre Crébillon filho. Então, um caderno de receitas? Por que não uma estrela no guia Michelin? E o pior foi que mamãe explicou que anotaria as receitas que você lhe ditasse.

— E você vai escrever como eu falo?

Ela o tomou pelo pescoço para beijá-lo.

— Você está louca!

— Não, eu te amo.

No começo, você entrou no jogo. Um domingo à tarde, depois de me mandarem brincar no meu quarto, voltei para ficar com os dois na cama desarrumada. Mamãe anotava a receita de frango de Bresse. Usava um lápis de papel com borracha, para poder apagar quando você hesitasse.

— Você frige os pedaços de frango numa frigideira grande.

— Frige? — perguntou mamãe.

— Doura, ué! — exclamou você com uma ponta de ironia que parecia dizer: "É professora disso e daquilo e não sabe o que quer dizer *frige*."

---

6. Zone à Urbaniser en Priorité (Zona de Urbanização Prioritária) são setores e bairros fundados entre 1959 e 1967 para atender às demandas de moradia. [N.T.]

Os dois riram, e eu me tranquilizei. Aquele caderno de receitas talvez fosse uma boa ideia.

Mas, a cada ditado, vocês brigavam mais. Mamãe escrevia como se fizesse um livro de verdade, e livro, para você, era motivo de medo, principalmente para a cozinha. Eles o afastavam de mamãe. Você não se reconhecia naquelas palavras complicadas dela. A intuição e o gosto lhe pareciam ter desaparecido das receitas escritas. Você suspeitava que mamãe o afastasse dos fogões, elevando-o a um status social que não era seu. Você sentia confusamente que ela lhe oferecera aquele caderno para fazê-lo entrar no mundo dela, mundo da leitura e da escrita. Com frequência cada vez maior, sozinho na cozinha, de manhã bem cedo e tarde da noite, você se dizia que ela já não lhe tinha amor.

7

É sábado, dia do queijo de cabeça de porco. Quero fazê-lo com você e Lucien. De manhã, Lulu chegou mais cedo que de costume, porque os dois precisam ir comprar uma cabeça de porco no tripeiro. Ouvi a mobilete de Lulu. A "azulzinha", como diz ele, com que vem trabalhar todos os dias. Vinte quilômetros na vinda de manhãzinha e vinte quilômetros na volta, muitas vezes noite alta. Pode chover, nevar, ventar. Tenho o direito de vasculhar as bolsas de couro da "azulzinha", apoiada no pezinho, ali no quintal. Na da direita, há um pano de cozinha cheio de graxa, uma chave inglesa, uma chave de fenda e uma bomba de bicicleta com a qual eu brinco. Na da esquerda, há um saco de juta que, dependendo da estação, Lulu enche de cogumelos-de-são-jorge, cantarelos e trombetas-dos-mortos.

Na sua versão, Lucien e você voltaram juntos da Argélia. Depois do navio que os trouxe a Marselha, vocês foram para a estação Saint--Charles. Lucien consultou os horários do trem dele e perguntou para onde você ia. Você respondeu: "Qualquer lugar, desde que haja um emprego de padeiro e uma cama perto dos fornos." Lulu lhe sugeriu ir com ele. Você conhecia bem a região dele, mas nunca tinha falado a respeito. Fariam uma baldeação numa cidadezinha do Leste. Você propôs beberem uma cerveja ali, fazia muito calor. Saíram da estação e viram um café-restaurante aberto, com um terraço cheio de gerânios. Sentaram-se a uma mesa. Pediram duas cervejas a uma mulher sem idade, que sofria das pernas. Foi aí que você viu o cartaz "Vende-se". Bebeu a cerveja em pequenos goles. Ao dar uma nota para pagar, perguntou à mulher:

— A senhora é a dona?
Ela disse que sim.
— Está pedindo quanto?
— Tem que negociar com o meu marido. Ele deve voltar segunda-feira do hospital.
Você se voltou para Lulu.
— Topa?
Ele respondeu que sim e acrescentou:
— Mas eu nunca peguei num cabo de panela.
Você respondeu:
— Sem problema, você também não sabia usar metralhadora.
Antes de entrarem no vagão, os dois se voltaram para a fachada do bistrô. Você disse:
— Vai se chamar Le Relais Fleuri. Tá bom pra você?
Lulu respondeu:
— Com você, pra mim tá tudo bom.
Na segunda-feira seguinte, o negócio foi fechado.
O queijo de cabeça é mais que uma receita para você. É seu modo de ser na cozinha. Partir de nada, meio pão amanhecido, um resto de carne. Você cozinha pratos que pareceriam incomíveis hoje em dia, como a teta de vaca empanada. Quando desembarcamos na triparia do mercado, a cabeça de porco é uma quimera apavorante para mim. Lulu me amedronta, dizendo que porco pode comer criança, que os bandidos os usam quando querem dar sumiço nos inimigos. O tripeiro ri e pisca para você: "Vai comprar todo o estoque hoje?" Estende-me um pedaço de *cervelat* com dedos que cheiram a sangue. Procuro sua mão, como faço toda vez que não estou tranquilo. Mas você está ocupado demais para se interessar por mim. Vibra diante da banca. Precisa de um metro de fraldinha para os bifes, prato do sábado, que você faz unicamente nesse dia. Precisa ver os fregueses mergulhando as fritas no suco enfeitiçante. A colher raspa os caldos de carne no fundo da frigideira. Nele embebo um pedaço de pão velho.

Você quer tudo: pé de vitela para a gelatina do queijo de cabeça, pés de porco para servir com vinagrete e cebola branca fatiada. Rins de vitela, claro; *andouillettes*, que você pede para ralar, mas também língua de boi, que você prepara com um molho de tomate e pepinos em conserva. Volta-se para Lulu: "E se a gente pusesse uma saladinha de dobradinha no menu?" Lulu aprova. Lulu sempre diz sim. O tripeiro reúne os pacotes: "Mais alguma coisa?" Você se conforma em ficar naquilo, mas ele corta minuciosamente, com a faca deitada, uma fatia grossa de fígado de vitela. "Pegue, isso é para vocês ao meio-dia", diz, acrescentando um saco de torresmos. Adoro torresmo.

Tenho a impressão de estar num filme de guerra quando vejo você e Lulu fazendo as coisas. É mais ou menos como uma vigília de armas, tamanha a organização de vocês. Amolaram as facas pontudas com o afiador. Lucien foi buscar na despensa algumas coisas para fazer um bom caldo: cenouras, cebolas, chalotas e um maço de salsinha. Descasca os legumes enquanto você lava cuidadosamente a cabeça de porco na água fria. Há algo de meditativo nos seus gestos. Um dia, lhe perguntei: "Tem medo de machucá-lo?" Você pareceu espantado. Ficou silencioso, depois sorriu com doçura: "Respeito pelos animais é importante. Mortos e vivos. Mais ainda quando os cozinhamos." Na adolescência, essas palavras voltaram-me à mente quando fiquei sabendo que, na aldeia onde morava, Lucien preparava os defuntos antes de serem postos no ataúde. Não ousei perguntar a ele, então interroguei você sobre as razões que podem levar uma pessoa a lavar mortos. Era um dia em que você estava de lua. Grunhiu: "Lucien nunca teve medo da morte e dos estragos que ela faz." Há algumas semanas, voltando do hospital, Lucien me disse no carro: "Você sabe, a gente viu muita coisa lá, na Argélia."

Lucien me ergue acima do fogão para que eu contemple a cabeça de porco no enorme caldeirão. Acrescenta as cebolas com cravos espetados, dois pés de vitela, tomilho, louro, pimenta-do-reino, noz-moscada e sal grosso. Você abre uma garrafa de vinho e despeja o conteúdo no caldeirão. É branco, feito por Lucien. Ele tem algumas espaldeiras de *chardonnay*, mas também de *noah*, casta proibida desde os anos 30.

O *noah* é um dos segredos da *pôchouse*, que você reserva para alguns privilegiados. Vem gente de Lyon, de Estrasburgo e até de Paris para degustar essa sua peixada de água doce. Assim que se inicia a temporada de pesca, Lucien pega a "azulzinha" e reabastece o restaurante com lúcios, percas, enguias, tincas. Às vezes o peixe ainda se debate nas bolsas quando ele chega. Então abre uma delas, acaricia as escamas e as nadadeiras no meio da relva. Bastante orgulhoso, tira de outra um lúcio do comprimento de seu braço. "Que belezura", diz você. "Esse a gente vai fazer no molho branco de manteiga." Sou eu que esfrego um dente de alho nas rodelas de pão tostado que acompanham a *pôchouse*.

Você e Lulu bebericam um copo de *chardonnay*. O queijo de cabeça murmura num caldeirão. De vez em quando, pegam a escumadeira para retirar as impurezas na superfície da fervura. Descascam batatas para as fritas. Você franze a testa: "Vá perguntar à sua mãe se ela vai comer aqui ao meio-dia." Não gosto quando fala assim de mamãe. Ela se tornou uma estranha entre aquelas paredes. Você já não sabe como se dirigir a ela.

Mamãe já quase não come no restaurante. Ao meio-dia, fico na cantina enquanto ela toma o desjejum com colegas. À noite, você põe uma bandeja num degrau da escada. Ela a levará para o andar de cima. Nós dois jantamos diante da tevê. Vocês só se cruzam. Você fica na cozinha das 7 às 23 horas. Já não se falam, a não ser quando se trata de meus estudos na escola, dos dedos que enfio o tempo todo na boca, dos cadernos em que tenho dificuldade para escrever.

De trás do tabique que separa nossos quartos, ouço os dois conversarem. Não há gritos nem lágrimas. Apenas vozes monótonas e silêncios resignados. Muitas vezes você se levanta no escuro. Seus pés descalços fazem o soalho ranger. Fecha devagarinho a porta do quarto, calça os tamancos que fazem barulho. Lembro-me: uma noite, tenho dor de dente, ouço você na escada. Decido ir lhe pedir que me trate. Entro nas pontas dos pés na cozinha. Encontro-o deitado, vestido, na cama de campanha em que Lucien costuma fazer a sesta nas horas de folga ou quando o tempo está de fato ruim demais para voltar de mobilete.

Você está dormindo enroscado, tenho medo de acordá-lo. Trepo num banco para alcançar a prateleira de condimentos. Estou abrindo um frasco quando você acorda e cochicha:

— O que é que está fazendo aí?

Gemo:

— Queria pôr um cravo no dente, como você falou que faz bem, quando dói.

Você parece penalizado. Levanta-se e me põe no chão. Manda abrir a boca:

— Qual que dói?

Mostro um molar e você põe um cravo sobre ele.

— Quer um leite quente?

Eu me aconchego a seu corpo enquanto você põe uma panela no fogão ainda morno. Você acende um Gitanes e aumenta devagar o volume do rádio, em que Mort Shuman canta "Le lac Majeur". Tenho a impressão de ter sempre vivido assim a seu lado. Pergunto se também tenho "o direito de não dormir à noite".

— Não — diz você, sorrindo.

— Então por que você tem?

— Porque continuo sendo padeiro, apesar de hoje ser cozinheiro. E padeiro trabalha à noite. Quando aprendi a fazer pão, entrava às duas da madrugada.

Sei que há verdade no que me conta. A verdade daquela juventude que você sempre mencionou aos pedaços. Mas seu passado de padeiro também lhe serve para dissimular a existência presente. Você já não faz pão todas as noites, já não dorme com mamãe todas as noites. Acabei de tomar o leite.

— Precisa subir e deitar — diz você.

Enlaço seu pescoço com meus braços.

— E você? — pergunto.

— Vou ficar aqui e adiantar as sobremesas — responde-me.

Cruzo com mamãe na escada. Ela prendeu o cabelo num coque acima da gola de seu impermeável Burberry. O barulho dos saltos nos degraus abafa sua pergunta: "Você vai comigo para Dijon?" Digo que prefiro ficar com você e Lucien para fazer o queijo de cabeça. Ela não responde nada. Mas, se nesses momentos surpreende meu olhar, sinto-me como um peixe vermelho girando num aquário. Uns dias antes, quando eu penava numa tabuada de multiplicação, ela me disse, seca: "Mas é tão simples." Um oceano nos separava, embora estivéssemos sentados junto à mesma escrivaninha.

Do salão do restaurante posso ver mamãe na plataforma da estação, esperando o transporte para Dijon. Enrolou com capricho o lenço ao redor do pescoço para se proteger do vento norte. Sinto um nó na garganta, vendo-a partir assim. Papai me chama: "Venha comer as fritas e o fígado de vitela." Ele sabe muito bem que estou observando mamãe atrás da porta de vidro. Agarra-me pela gola: "É assim que você ajuda a gente a fazer o queijo de cabeça? Ainda temos muito serviço, meu garoto, você sabe disso."

Ouço o ronco da *micheline*[7] deixando a estação. Quando mamãe parte assim no sábado, por breve instante acho que não vai voltar. Então corro para o quarto dela e me atiro sobre o travesseiro para aspirar seu perfume. É certeza que voltará à noite. Haverá um livro, uma calça nova para mim. Ela vai querer que eu a experimente. E serei feliz.

---

7. Ônibus que andava sobre trilhos. [N.T.]

8

Lulu está cortando o fígado de vitela em pedaços, você acrescenta as fritas escaldantes. Quero "Suco! Suco!" Você me responde com uma de suas expressões favoritas: "Devagar, mocinho!" Comemos os três na bancada, eu sentado no banco, entre vocês dois em pé. Estamos bem entre homens. Nicole acaba de chegar para o expediente. Foi à cabeleireira. "Retocou a tintura". Não quer comer. Você solta:

— É porque não quer engordar.

— Cale a boca, malvado — diz ela, aprontando as mesas.

Aos sábados não há menu fechado no Relais Fleuri. Apenas fraldinha com fritas, que você prepara a pedido, o que lhe deixa tempo para conversar com os comensais, que não são os mesmos da semana. Escriturários, motoristas e pedreiros dão lugar ao freguês multicolorido do mercado, que se mistura na hora do vinho *aligoté*, da Meteor e do Pontarlier-Anis. Há o burguês *gourmet* que acaba de comprar sua costela de cordeiro e seu queijo *brillat-savarin* do domingo; a porteira que fala mais que a boca e faz um cozido que perfuma o prédio escada acima; o aposentado que faz horta para um batalhão e vai ao mercado vender três cabeças de alho e dois repolhos-crespos; militantes da Liga Comunista Revolucionária e da Luta Operária que quebram o pau discutindo a revolução; ferroviários que, entre um trem e outro, recontam a vida da ferrovia. Você gosta dessa gente que não tem relógio no sábado. O aperitivo é interminável, Nicole esbraveja contra os retardatários que não desgrudam do balcão. Ela os ameaça, dizendo que vai faltar bife, para que se sentem à mesa. Mas há sempre uma sobra de fritas para estudantes duros. Você nunca foi rico, mas nunca regateou com quem não tem dinheiro.

Da infância silenciada, você só me relatou as histórias dos outros. Como a do mascate que sempre achava um prato à mesa quando parava na casinha de vocês, perdida entre a estrada de ferro e a floresta. Andava com uma trouxa e a abria no chão da cozinha. Sua mãe comprava mais do que precisava, para que ele não morresse de fome. Míseros berloques, algum santinho, acrescentados às pedras de isqueiro e à linha de algodão. Quando a neve embranquecia o crepúsculo, seu pai deixava-o dormir na palha e no feno do celeiro. Um dia, você recebeu do mascate uma fruta esquisita, seca e vermelha, que ele dizia vir da África. Mordeu-a e saiu correndo, com fogo na boca. Todo mundo ria de sua descoberta da pimenta, desventura que você me contava com frequência enquanto fazia incisões numa ponta de pimenta de Espelette para o recheio de uma terrina. Nós dois sempre gostamos da rudeza da pimenta. Eu lhe revelei "meu antidepressivo", como chamo minhas fatias de pão com harissa, um filete de azeite de oliva e um dente de alho esmagado.

Lucien levanta a tampa do queijo de cabeça, você finca devagar a ponta de uma faca. Diz "está bom", com os olhos franzidos. Tirar a cabeça de porco do caldeirão é em si um espetáculo. Ela está cercada de calor e vapor. Os dois a colocam sobre um pedaço grosso de tronco de abeto, que funciona como tábua de corte para peças grandes — você sempre gostou das nossas árvores para fazer utensílios de cozinha, como o buxo para cabos de panela e carretilhas de recortar bolinhos. Aspira o perfume de zimbro do cabo da faca que desossa a cabeça enquanto Lucien filtra o caldo, deixa-o apurar e acrescenta a salsinha. Você não perde nem uma isca de carne, que vai sendo raspada até o osso. Não delega a ninguém a tarefa de recortá-la em tiras finas. O crânio do animal aparece ebúrneo e luzente. Fico hipnotizado por aquela cara monstruosa. Um dia, quando eu for maior, Lucien vai colocá-la para alvejar em soda cáustica. Irei à escola com meu crânio de porco imaculado para uma aula prática. Depois, o professor vai arrumá-lo em cima do armário das curiosidades ao lado de uma amonite fóssil.

Você acende um cigarro enquanto a carne é cozida em fogo brando no caldo espessado. Lucien alinha saladeiras, tigelas e copos na mesa de inox. Você pega a concha e os enche de queijo de cabeça. Lucien põe um frasco para esfriar no parapeito da janela da cozinha. Os dois vão experimentá-la à noite e você dirá, como sempre, "está boa, mas a gente poderia ter temperado um pouco mais". Nunca está contente.

Hoje há algo mais. Está preocupado, pensa em mamãe, lá em Dijon.

— Você vai passar férias na casa de Gaby — diz.

— O irmão de Lulu?

Nunca o vi, mas o que ouvi falar dele! Fico em pânico.

— Por quê?

— Porque sim. Não reclame — diz você. — Vai dar tudo certo.

É a primeira vez que vou sair de casa. Fico feliz por ir à casa de Gaby, mas tenho medo de nunca mais encontrar você e mamãe juntos.

9

São as melhores férias da minha vida. Gaby mora com Maria, "bela como um anjo", assim diz Lulu. Tem olhos azuis redondinhos, parecendo botões de botina. Maria faz uma sopa de beterraba que detesto. Consolo-me com o bolo de mel dela. Maria é russa, às vezes fala um francês engrolado, como o peixeiro.

A história de Gaby eu conhecia antes de ir à casa dele. Fez a guerra contra os alemães. De início, aderiu à resistência nas montanhas de Doubs. Depois, juntou-se aos soldados marroquinos, os *tabors*, como se diz na aldeia, com um misto de temor e admiração. Gaby nunca fala de seus tempos na guerra, são os outros que os contam. Na carteira, Lucien tem uma foto do irmão sentado num jipe sobre o qual há uma metralhadora. Quando a mostra, diz: "Olhe só, meu irmão fez a guerra com os árabes, e eu contra, vai entender."

Um dia o ouvi contar a você — não devia ser a primeira vez — como Gaby tinha conhecido Maria. Certa noite, está ele na Alemanha, os *tabors* montam acampamento numa aldeia. Gabriel vai procurar lenha para o fogo e, num celeiro, descobre uma moça aterrorizada, tiritando na palha. Do alto de seu metro e noventa, Gaby tem físico de camponês habituado a manobrar montes de palha na ponta do forcado. Maria treme diante daquele rapaz apavorante, com uma pele de carneiro suja em cima da roupa de combate. Ele se aproxima, fala, ela não o entende. Ele se acocora na altura daquele vulto de lábios rachados. Tira delicadamente a pele de carneiro e a oferece à moça; ela geme de medo. Ele recua, comunica por meio de gestos que vai voltar. Quando lhe traz comida e um cobertor, os olhos de boneca dela o perscrutam com espanto. Ele abre a caixa de papelão da ração K americana. Oferece-lhe uma barra de chocolate e biscoitos de água e sal, que ela come. Depois, Gaby começa a fazer fogo para aquecê-la. Atrás dele, dois rapazes, junto à porta, dizem rindo que "ele vai se dar bem". Ele responde: "vão se foder". Durante toda a noite Gaby vigia Maria, que está apavorada demais para adormecer. De vez em quando, alimenta o fogo, dizendo por sinais que ela devia dormir. Mas é ele que acaba por cair no sono de madrugada, com o fuzil entre os joelhos.

Quer a lenda transmitida por Lucien que Maria e Gaby nunca mais se separaram desde aquela noite. Todo mundo torceu o nariz quando o viu voltar da guerra com aquela moça que falava uma língua desconhecida e vinha da terra dos comunistas. Diziam que ela tinha sido deportada para servir de carne de bordel nas fábricas alemãs. Depois de publicar as proclamas de casamento, Gaby entrou no bar da aldeia. Antes de pagar uma rodada para todos, encostou-se ao balcão e avisou: "O próximo que disser mais alguma indecência sobre Maria vai ter que pedir ajuda da mãe, de tanto que vai apanhar." Ninguém deu um pio.

Já no primeiro dia de férias, caio de amores por Maria e Gaby. Maria me pega no colo e tem cheiro de violeta, não um perfume requintado como o de mamãe. Fico olhando enquanto ela recorta em jornal os moldes de seus vestidos floridos. Ouve, costurando, os programas de Ménie Grégoire no rádio e sorri quando a animadora fala de sexo. Gaby e Maria não param de se acarinhar, mesmo em minha presença. Parece que ficam o tempo todo grudados. Gaby, mesmo cortando lenha na floresta, dá a impressão de estar perto dela. A casa que ele construiu para Maria é de toras, para lembrar os isbás de sua Rússia natal.

"É a casa da minha boneca", diz ele no meio dos inúmeros enfeites da mulher. Gaby e Maria não têm filhos. Têm um número incalculável de gatos, todos chamados Kochka, "gato" em russo. A casa deles recende a madeira e geleia. Gosto muito da geleia de amoras. Maria conhece todos os frutinhos e os cogumelos da floresta. Faz infusões de plantas de todas as espécies, como folhas de amora-silvestre com um pouco de mel quando tenho dor de garganta. Com frequência tenho um dodói em algum lugar para que Maria cuide de mim.

A casa deles é constituída por um cômodo em forma de L. Nele comem e dormem. No pé do L, fica a cama deles, atrás de uma grossa cortina grená. Tenho um quarto, minúsculo, ocupado por um colchão grosso, forrado de folhas de milho, e uma estante em que Maria guarda suas conservas. No teto, há cordões de cogumelos secos com os quais ela cozinha seus *pelmenis*. Logo fico apaixonado por esses raviólis russos que ela me ensina a fazer. Dobro em forma de meia-lua os discos de massa com recheio antes de os mergulhar delicadamente em água fervente. Vou ao jardim colher galhinhos de endro que são misturados com creme de leite para acompanhá-los. Uma noite, Maria me conta que é possível rechear os *pelmenis* com carne de urso. Riram de minha cara de nojo. Gaby acrescentou que, quando era criança, comia passarinhos grelhados no fogo a lenha e que durante a resistência comera até raposa. "Mas é preciso deixar a carne gelar fora, antes de cozinhar", explicara.

Maria e Gaby têm galinhas, coelhos e um jardim. Com o que encontram na natureza, tenho a impressão de que se bastam a si mesmos. Quando o padeiro passa com seu caminhão duas vezes por semana, compram pães, farinha, açúcar e café. Maria adora café, com muito açúcar. Quando alguém vai visitá-los, a qualquer hora ela diz: "Vamos fazer café." É ela que o prepara e leva à cama para Gaby. Tenho o direito de me sentar entre eles nessa hora. Ficamos olhando o sol alaranjar a linha escura da floresta. Quando ele sobe acima das copas, Gaby decreta: "Hora de levantar, cambada!"

Gabriel se descreve como um lenhador anarquista, o que, em minha visão de moleque, se resume a duas coisas: nunca sai de casa sem sua motosserra e sempre canta a *Chanson de Craonne*[8] ao volante de seu Renault 4. Fez a guerra, mas dedica o mesmo ódio a militares, padres, políticos e policiais, sem distinção. Tolera os gendarmes porque numa

---

8. Literalmente, Canção de Craonne: canção antimilitarista cantada pelos soldados franceses entre 1915 e 1917. [N.T.]

noite em que Lucien tomou um tremendo pileque, eles o tiraram da sarjeta e o levaram à casa da mãe. Gosto de me sentar no Renault 4 de Gaby porque me imagino partindo para a guerra. O carro cheira a gasolina, óleo de motor e madeira recém-cortada. Também há podões, machados, um merlim, cunhas para fender a lenha e limas para afiar as correntes da motosserra. O que mais me lembra a guerra, porém, é o amontoado de trastes cáquis no banco de trás: uniformes, botinas, chapéus *bucket* e jaquetas M43. Pergunto a Gaby: "Como é que as coisas acontecem na guerra?" Ele coça a nuca: "Noventa por cento do tempo você acha que a vida é uma merda e nos dez por cento restantes sua vida vai à merda, merda das grandes." Dá uma guinada no volante para sair da estrada e entrar numa clareira. Eu sacolejo no banco do Renault 4. Paramos bem em frente a um carril profundo, inundado por uma tempestade.

"Você vai ver, vou levá-lo a uma bela área de derrubada", diz Gaby. O cheiro é de madressilva molhada e do musgo que devora os cepos. Passamos por uma extensão de grama até uma clareira onde os raios do sol inundam as bétulas prateadas. Gaby já abateu e cortou várias árvores. Põe a motosserra no chão, enche-a de gasolina e lima a corrente. Às vezes, interrompe-se e inventa frases absurdas e imaginárias. "Bakunin dizia que um homem nunca deve se separar de duas coisas e ter o maior cuidado com elas: sua pica e sua motosserra." Depois, balança a cabeça, ergue os olhos para o céu e exclama: "Meu Deus que não existe, quanta besteira sou capaz de dizer. Não vá contar isso para seus pais, hein?"

Sobre o irmão, Lucien diz que nunca foi capaz de fazer coisa alguma sem dizer besteiras. Parece que, mesmo na guerra, fazia alemães rir antes de lhes dar um tiro. Gaby tem uma concepção bem pessoal de trabalho: não é porque é trabalho que ele vai fazer. Um dia, estávamos comendo, ele explicou: "A partir do momento que um serviço me enche o saco, encontro outro. O que eu não quero mesmo é ter chefe, claro. No amor, era a mesma coisa: quando começava a me entediar de uma mulher, dava no pé. Com Maria, você entende, não é igual: até cortar lenha para o fogão dela me dá prazer e adoro que ela seja a patroa. Quando a olho bordar, tricotar suas pecinhas, sempre tenho a impressão de que é a primeira vez. Você também vai ver: quando se divertir com todas as pequenas coisas ao lado de uma mulher, essa será a certa." Quando não trabalha de lenhador, Gaby ajuda na colheita, na ceifa do feno. Mata o porco e faz o chouriço. "Mas é pago no Dia de São Nunca", brinca o irmão. Gaby nunca preparou a papelada para a Seguridade Social e a aposentadoria, "esses caça-níqueis inventados pelos tubarões para submeter o operário", diz ele. Em caso de necessidade, paga o médico e o farmacêutico em esteres de madeira, frangos e cogumelos secos.

Gaby ama acima de tudo a floresta, "onde não há nem Deus nem patrão". Quando liga a motosserra, ainda estou indo até o carro e voltando para trazer ferramentas. Invento que estou com frio para vestir a jaqueta M43 que me chega aos joelhos. Acendo o fogo. Fogo é sagrado quando se está na floresta. Gaby indica um lugar onde recolho galhos e cascas. Arrumo uma pirâmide de gravetos, que as primeiras chamas vão lambendo. Gaby me vigia de soslaio. "Não alimente demais essa fogueira, senão o fogo se apaga." Hoje, ele derruba parte da boscagem, árvores jovens, apinhadas demais. "Vai dar uns quatro metros cúbicos, os padeiros gostam bastante dessa madeira para acender os fornos", explica. Alinha uma primeira fileira de lenha sobre folhas secas e me pede que prossiga o empilhamento. Às vezes me repreende: "Preste atenção, sua pilha não está reta, pode desabar." Gaby não é como meu pai: nunca perde a paciência, não levanta a voz quando não entendo. Gostaria que fosse meu professor, com ele tenho vontade de aprender. O nome das árvores, das plantas, dos insetos. Até cálculo e geometria me parecem simples quando ele os explica com gravetos de aveleira.

Entre a fogueira e a pilha de lenha, tenho a impressão de não ter um só instante para mim. Esforço-me para trabalhar depressa para impressionar Gaby. Sinto calor, tiro a jaqueta. Ele se volta: "Vá devagar, não há pressa." Com ele, não existe sufoco, como na cozinha, mas, diferentemente de meu pai e Lucien, com frequência está só. "É o que prefiro", diz. "Já tenho dificuldade para suportar a mim mesmo, os outros, então... Além disso, há muita gente na floresta." Gaby me deixa intrigado quando fala assim. Lucien me disse que ele conversava com as árvores, e que um dia uma ninhada de raposinhos foi deitar-se sobre sua jaqueta M43, enquanto a raposa-mãe os observava. Soube que ele era um diacho de feiticeiro protetor quando fui colher azevinho com ele. Subimos por uma picada até um planalto cheio de samambaias e urzes, onde havia uma cabana de caça muito bem cuidada. A porta não estava trancada. Era sombria e tinha um cheiro forte de tabaco frio e *pastis*. Havia uma mesa, dois bancos, um fogão a lenha e um bufê de cozinha. Gaby abriu uma gaveta, fazendo sinal de silêncio com o dedo diante da boca. "Venha ver", disse. Na penumbra, vi cinco filhotes de arganaz hibernando na gaveta onde Gaby pusera palha e um pano de prato rasgado. Eu ia tocá-los, ele segurou minha mão. "Deixa os bichos em paz, senão eles vão acordar e se estuporar", murmurou. Diz "morrer" para os humanos, "estuporar" para os animais, mas não faria mal a uma mosca.

Quando sinto um buraco no estômago ao terminar uma pilha de lenha, Gaby me olha com malícia. "É porque você ganhou o direito de comer", exclama, depositando a motosserra. Para começar, tira do surrão um punhado de batatas. Coloca-as debaixo das brasas. Pede-me que vá cortar dois galhos bem retos e afile sua extremidade, formando uma ponta. Nele espeta toicinho, coxas de coelho, asas de frango, ou então peixe, *bouffis*, que são arenques defumados, peixes de ouro e prata para mim. Gosto de aspirar a fumaça que se desprende do fogo sob aqueles fusos marinhos. Regalo-me com seus filetes quentes de gordura que amanteigam a carne das batatas, criando um purê ao qual se acrescenta um pouco de cebola silvestre. O *bouffi* dá sede. Gaby verte um pouco de vinho *clairet* na água do meu copo. Tenho a impressão de ser seu irmão de armas, poderíamos ter combatido juntos nos Vosges ou nas Ardenas. Tento imitá-lo quando ele come pedacinhos de pão com a faca. Assegura-me que arenque é comida de mineiros, operários, anarquistas. Vou precisar explicar-lhe isso quando você preparar a terrina. Gaby enche o cachimbo de Scaferlati. "Quer experimentar?", pergunta-me um dia. Com ele, nada é proibido, mas tudo se respeita. "Isso aqui é anarquia", diz Gaby, oferecendo-me seu cachimbo. A anarquia me faz tossir terrivelmente. "Bom sinal", decreta ele.

Na tarde em que meus pais deviam me buscar, Maria me deixou bonito como um vintém novo. Lavou minha roupa e a dobrou em minha maleta de cartão. Há também um saco com geleias e o herbário que confeccionei durante as férias. Maria me ensinou a secar as plantas entre dois mata-borrões. Gaby tenta me fazer sorrir, dizendo que ainda estou com cheiro de arenque. Diz que nas próximas férias vai me ensinar a usar a motosserra. Mas tenho um nó no estômago. Vou dar uma volta no jardim. Estou acariciando um gato deitado entre duas fileiras de feijão quando ouço o barulho do carro. Não tenho vontade de ir recebê-los. Os passos do meu pai se aproximam, contemplo a ponta de suas alpargatas pretas. Levanto a cabeça, cegado pelo sol, ele toma minha mão para me ajudar a me levantar. Beija-me rapidamente, está com barba de alguns dias, semeada de pelos brancos. Afasto-me e, atrás dele, avisto Nicole cochichando com Maria. "E mamãe?" Meu pai aperta-me os ombros. Há um silêncio que parece durar um século. Uma pergunta sai de minha boca sem que a cabeça a tenha pensado: "Ela morreu?" Ele se refaz, depois de um longo suspiro. "Não, que é isso, o que está dizendo!" Entro em pânico, e as lágrimas embaçam-me a vista. Não ouço a resposta do meu pai; então grito: "Vai ficar fora até quando?" Mas já tinha entendido que era para sempre.

SEGUNDA PARTE

1

Quando acordo, digo a mim mesmo que ela talvez ainda esteja ali, que basta atravessar o corredor e empurrar a porta do seu quarto. Muitas vezes, aliás, tenho esse sonho. Penetro na escuridão, procuro os pés da cama dela, subo na borda do colchão e me ajoelho em suas costas. Acaricio seus cabelos pesados. Deposito um beijo neles. Ela murmura com o rosto no travesseiro: "Você está aí, querido." Vira-se, morrendo de sono, e me abraça, sussurrando: "Me dê um abraço." Ponho as pernas contra meu próprio ventre e me balanço. Ela cobre minhas costas de beijinhos, repetindo: "É meu menininho adorado."

Uma luminosidade branca escorrega pelas venezianas. Nós nos calamos, mamãe volta a dormir, ela ronca aos solavancos. Eu me demoro na pinta de sua mão direita. Gosto desse confete perdido sobre a pele mate dela. Às vezes, quando ela corrige lições, ele fica cercado de manchas de tinta vermelha. Ela também tem um calombo na falange do dedo médio. "É a marca da caneta", explica. Para meu pai, "é o calombo do saber". Mamãe acorda bruscamente, esquadrinha o criado-mudo em busca do relógio. "São sete horas, *hurry up*, meu querido." Gosto quando ela fala inglês comigo, tenho a impressão de estar em *Os vingadores*. Ela prometeu: "Um dia, vamos para Londres."

São os passos no quarto de lá que me tiram desse sonho. Passos cansados, os de Nicole. Ela diz com frequência que tem dor nas pernas. É por causa das varizes e de ficar em pé quinze horas por dia no restaurante. Quando faz massagem nas veias violáceas dos tornozelos, esqueço sua beleza madura, os caracóis engenhosos de seus cabelos, que agora são platinados. Quando fuma seus Royale Menthol atrás da caixa registradora, numa saia reta e justa, os homens esquecem seus copos de cerveja. Lucien diz que ela "faria um regimento de hussardos arremeter de sabre em riste". Ela dribla os grosseirões com réplicas que fazem a alegria daqueles pés de balcão. No outro dia, estava lavando os copos, um homem lhe disse: "Tá boa a espuma aí, gostosa?" Ela soltou imediatamente: "Não o suficiente para fazer barba e cabelo de um tonto como você." O cara enfiou o nariz em sua Suze.

Para amenizar a dor, pego seu caderno de receitas. Tirei-o da gaveta do criado-mudo de mamãe antes de Nicole se instalar em seu quarto. Folheio-o com frequência debaixo dos lençóis. Não tanto para ler as receitas quanto para reencontrar mamãe em sua caligrafia. Demoro-me em cada uma das letras, imaginando a pinta no dedo dela enquanto segura o lápis. Ela tem um modo bem pessoal de grafar os *ee*. Termina-os com um traço que se lança no vazio, em vez de se arredondar. "É meu lado rebelde", disse-me um dia, rindo. Perguntou-me se eu sabia o que é um rebelde, e, como hesitei, sugeriu Zorro, Robin Hood, alguém que ajudasse os pobres, agindo sozinho, sem bancar o espertalhão. "Como papai", afirmei. Ela sorriu.

Você, quando me comunicou que mamãe tinha ido embora, simplesmente acrescentou: "Nada ia bem entre nós. É Nicole que vai se ocupar de você. Comigo." E Nicole agora ocupa seu quarto, pois você dorme embaixo e não quer que eu durma sozinho no andar de cima.

Não resta nenhum vestígio de mamãe nesta casa. Nada de livros, de roupas no armário, de relógio e creme Nivea no criado-mudo. Até o cheiro dela desapareceu. Às vezes teimo, querendo reencontrá-la num travesseiro. Mas, no lugar, encontro o perfume enjoativo do laquê de Nicole. No banheiro, ela pôs sua frasqueira cheia de cosméticos. Nicole maquia-se muito. Principalmente quando sai aos sábados à noite. Você, meu pai, diz que ela "pernoita fora" até segunda-feira de manhã. Não suporta o "caso" dela. André, vulgo Dédé. Bom de papo, boa pinta em seu terno príncipe de Gales. Passa creme nos cabelos cor de azeviche, penteados para trás quando vem buscar Nicole no sábado à noite.

Espera sentado no bar, onde é o único que bebe uísque. "E que seja Chivas", pede. Pavoneia-se diante dos outros, prometendo-lhes a trifeta por ordem de chegada. Sempre tem algum negócio para propor. "Uma BMW quase sem rodar"; "ternos como os da Smalto"; "vinho Montrachet por preço reduzido". Oferece rodadas ao pessoal do balcão, que Nicole paga. Quando avista você através do passa-pratos, jura que nunca vai comer aqui porque "é comida de gente fuleira", e que, de todo modo, frequenta o restaurante du Parc, "uma estrela no guia Michelin". Você suporta tão pouco a presença dele, que diz a Nicole que pode ir embora, que termina pessoalmente de servir as mesas e o bar. A Lucien diz sempre "tenho vontade de matar esse cafetão pé de chinelo" que passa para afanar um dinheirinho semanal de Nicole. Ela sabe que você o detesta, mas "é o meu Dédé", diz suspirando.

Lucien puxa a porta de enrolar na fachada, dizendo: "Até segunda-feira." Você termina de enxugar os copos. Eu assisto ao programa "Top à Johnny Hallyday" no televisor suspenso perto do bar. Você me traz uma Orangina e amendoins. Diz: "É sábado à noite", mas a voz falseia. É um peso para você ficarmos assim os dois até segunda-feira. Não adianta assobiar enquanto está polindo o fogão, você transpira tristeza por todos os poros. Conto os instantes em que não há um cigarro em sua mão ou a se consumir num canto da cozinha. Seus cabelos embranqueceram, suas mãos estão enrugadas desde que mamãe deixou de massageá-las com creme. Você nunca fala dela. É como se ela nunca tivesse existido. No entanto, sei que está em todos os cantos desta casa. Você já não sobe ao andar de cima, recorre a Nicole para a limpeza e a arrumação lá. No outro dia, você a repreendeu quando ela me chamou de Juju, como mamãe. "Ele tem nome, é Julien." Você já não quer fazer brioche, nem salada de laranja com água de flor de laranjeira. Já não compra ostras.

O domingo é um dia complicado para nós dois, mas nos apegamos a nossos ritos. Somos como equilibristas no fio da vida sem mamãe. Em equilíbrio instável, correndo a todo momento o risco de naufragar na tristeza. Antes de me deitar, vejo você atravessando o salão para se postar diante da janela e da mesa em que mamãe vinha almoçar sozinha. Desde que ela foi embora, ninguém mais come ali, e Nicole tem o cuidado de não a cobrir com toalha. Tornou-se um canteiro florido, cheio de plantas, um monumento silencioso.

No domingo, você me acorda às nove horas com o pão de passas que foi comprar com o jornal *L'Est Républicain*. Tomo o café da manhã na cozinha e depois faço lá mesmo o dever de casa; você lê o jornal perto de mim, tomando seu jarro de café. Sempre começa pelo obituário, as notícias policiais, depois a página local. Às vezes, levanta a cabeça: "O que quer dizer *obsoleto*?" Corro ao andar de cima, pego o dicionário e volto para lhe dar a definição. Você quer que eu me aplique na leitura, pede-me que releia. Diz: "Ah, bom, até que é interessante isso aí." É sua expressão preferida quando aprende alguma coisa. Com mamãe, não havia necessidade de dicionário para conhecer o sentido de uma palavra, mas você não ousava perguntar. Quer que busquemos conhecimento juntos desde que ela partiu.

Às 11h30, saímos para comprar um frango e batatas fritas no açougue da Grand-Rue. Defronte, na confeitaria, escolho uma bomba de chocolate, e você, um *paris-brest*. Descemos de volta para a cidade velha, atravessamos o canal, ladeamos a praça das feiras, percorremos uma aleia de choupos que termina na beira do rio. Não há ninguém na margem em declive suave onde nos instalamos. Soa meio-dia no relógio da igreja, você abre uma lata de cerveja para si e uma Orangina para mim.

Atravessei todos os climas vivendo com você esses domingos de solidão. Mordendo coxa de frango, mastigando batatas fritas. Nem a chuva nem o frio nos detinham. Você tira do surrão (igual ao de Gaby) o pequeno rádio transistor e o sintoniza na Europe 1, depois monta minha vara de pesca de bambu com um pedaço minúsculo de frango como isca. Você mesmo pesca com isca natural ou artificial. Que me lembre, nunca pegamos muita coisa juntos. Mas pouco importa. Aos domingos estamos os dois perto dos choupos frementes. No rádio, Michel Delpech canta *Pour un flirt*, mas prefiro Kool and The Gang. Às vezes você me olha da cabeça aos pés, como se não tivesse me visto a semana inteira. Depois seus olhos voltam à linha da vara e você grunhe, com gentileza: "Viu o estado das suas calças *jeans*? Vai ser preciso trocar." Gosto quando me dá bronca. Significa que se interessa por mim.

Conto as horas desfiadas pelo relógio da igreja. Decido que, antes da próxima, vou lhe perguntar por que mamãe foi embora sem se despedir de mim. Sou órfão das explicações dela, que me tranquilizavam. Ela mesma dizia que há uma razão para tudo. A Terra gira em torno do Sol; as fêmeas mamíferas têm mamas; os Aliados venceram os alemães em 1945; as folhas caem no outono. Então quero saber. Tento voltar às imagens de nossa vida passada, mas estanco no brioche do domingo, em seu sorriso jubiloso quando fazíamos a massa juntos, quando você punha na cama a frigideira de *paella*, quando servia à mamãe as ostras e a champanhe. Minha cabeça se confunde quando busco as palavras que os aborreciam atrás do tabique do quarto. Não consigo relembrar a cor da echarpe dela, quando esperava o trem para Dijon. Prometo a mim mesmo que às catorze horas vou lhe perguntar por que ela foi embora. Essa pergunta corrói minhas entranhas. Preciso de um gesto mágico para me consolar: tiro a linha da água e pico a polpa do polegar com o anzol. Uma gota de sangue poreja. É o penhor de sangue, como nas aventuras que imagino depois de ter lido "Rahan, le fils des âges farouches" no *Pif Gadget*. Você franze a testa: "Está sangrando?" Balbucio: "Não foi nada, o anzol enganchou no meu dedo." Soam catorze horas no campanário, e eu não lhe fiz minha pergunta. Guardo-a para a próxima gota de sangue.

Nenhum puxão na ponta da minha linha. Assim que me levanto, você se preocupa: "Aonde vai?" Sabe muito bem que vou até a cascalheira, mas outra resposta me queima os lábios. Berro: "O que é que você tem com isso? Não é minha mãe!" Eu gostaria de ver você fechar de novo a porta do quarto e ficar dentro, com mamãe, depois de ter me expulsado de lá, como antes.

2

O vento norte me gela o lombo quando me inclino sobre os seixos para recolher um pedaço de madeira. Sempre detestei o vento norte, principalmente em nosso Leste. É um queixume tristonho sobre estas baixadas de planícies, lagos e florestas pisadas pela história.

Mostro-lhe um pedaço de pau alisado pelas águas. Tem forma de bengala. Você propõe afilá-lo com seu canivete Opinel. A lâmina corre flexível, criando lascas minúsculas. Sua habilidade me fascina.

— Como aprendeu isso?

Você sorri.

— Aprendi olhando os pastores quando eu guardava carneiros. A gente fabricava apitos de sabugueiro, estiletes para mergulhar na tinta e desenhar.

Ele me entrega o pedaço de pau entalhado.

— Vai fazer o que com isso?

— Não sei, vou pôr com os outros no meu quarto.

— E se a gente usasse na cozinha?

— Na cozinha?

— Para fazer "chaminé" nas tortas e nos *pâtés en croûte*.

— É mesmo?

— Claro, senão, por que eu estaria dizendo?

Termino as batatas fritas enquanto você desmonta nossas varas de pescar. Não gosto dessa hora de partir, que me lembra a escola do dia seguinte, a semana que vai começar. Você, grudado aos fogões, Nicole nas mesas, não há espaço para o imprevisto. Eu gostaria que nossa vida se parecesse com os *westerns*. Você seria batedor em terras comanches, caçador de recompensas, explorador de ouro, caçador... nós cavalgaríamos no desconhecido, na conquista do Oeste. Haveria emboscadas nas colinas, duelos no deserto, tempestades de neve no Grande Norte. Meu cavalo seria bicolor, pequeno e nervoso; eu teria um cachorro chamado Caninos Brancos, parecido com um lobo. Comeríamos feijão com tomate perto do fogo, onde você dormiria vestido, com o chapéu caído sobre o rosto. Você teria botas de caubói como o motociclista que de vez em quando vem ao bar. Teria uma Winchester com coldre e cano serrados como Josh Randall em *Procurado vivo ou morto*. Aliás, você se parece um pouco com Steve McQueen, tem o olhar dele. Mas se enerva depressa. Uma entrega atrasada, um prato frio, e você rosna. Principalmente depois que mamãe foi embora.

Vamos à queijaria, como todos os domingos à noite. Você chama de "chalé" aquela fazenda perdida num planalto de aveleiras e pinheiros. O rádio ronrona um programa político chatíssimo, que você não escuta, só precisa de um ruído de fundo. A estrada sobe serpenteando. Gosto do crepúsculo. Num restaurante, a noite nunca é imóvel, a atividade vai até altas horas, sempre há um resto de terrina ou de queijo de cabra para discutir depois da meia-noite. Aspiro o cheiro láctico do "chalé". Faça frio ou calor, tenho os pés gelados sobre o chão de granito. Enquanto você faz as compras, debruço-me sobre a cuba de cobre em que se fabricam os queijos. Há também aquele instrumento esquisito, meio rastelo, meio vassoura, cujos fios de aço servem para cortar o leite coagulado e transformá-lo em pedaços do tamanho de um grão de milho, que se transformaram em queijos com forma de discos ou bolas, que vou cheirar no depósito. Naquele lusco-fusco, acaricio queijos crostosos, úmidos, salgados, apergaminhados. Você aponta um cilíndrico mosqueado, cuja superfície se pulveriza quando o queijeiro a esfrega. "Olhe de perto", diz você. Vejo pontos. "São aranhas que fazem a crosta do queijo." Um dia, o queijeiro pôs diante de meu nariz um saco com um cheiro horroroso: é o abomaso seco de uma bezerra de leite, parte do estômago que faz o leite coalhar. Esqueço a tristeza e vejo que você também.

São dezenove horas, momento dos crepes. Sou eu que preparo a massa. Sem receita, claro. Você se limita a medir o leite, a farinha e a derreter manteiga. Eu mesmo preparo meu material: uma saladeira e um batedor menor que o seu. Agora sei quebrar direito os ovos na farinha. Depois, acrescento aos poucos a mistura leite-manteiga. Bato com todas as minhas forças, como se o destino do mundo dependesse daquilo. Você me detém: "Não tão depressa, cuidado com seu movimento, ele precisa ser mais regular, senão você vai lambuzar tudo." Jeito tranquilo; quando não está no sufoco do meio-dia ou da noite, você é mais paciente. O fogão estruge, você o acende já no domingo à noite, pois detesta encontrá-lo frio na segunda pela manhã. Eu deixo a frigideira bater no ferro fundido. "Menino, a gente nunca bate nada em cima do fogão. É falta de respeito com as ferramentas de trabalho." Em casa, nunca fazemos os crepes saltar na frigideira, isso "é para o Mickey na festa da Apresentação do Senhor"[9]. Aprendo a virá-los com a espátula. Acabam como lenços um pouco queimados e rasgados. "É errando que se aprende. Vamos, tente de novo..."

Fizemos uma carrada de crepes, pois na segunda-feira serão consumidos. Estou para engolir um com a geleia de amoras de Maria quando você anuncia: "Espere, vou lhe mostrar um truque." Pega uma frigideira e nela despeja uma chuva de açúcar para derreter; sinto o cheiro de caramelo, você retira a frigideira do fogo e acrescenta manteiga, depois creme de leite. Espalha essa mistura sobre um crepe, que eu mordo com vontade. "Não é boa minha calda de caramelo?"

Por alguns segundos, tenho a impressão de que nada mudou. De que você é feliz como antes. Ligo a televisão, a imagem demora alguns instantes para aparecer. Anuncio o título do filme: *Minha vontade é lei*. Contorno o prato com o dedo e chupo a calda. Você pega um chope. Senta-se a meu lado, com um pouco de espuma no lábio superior. "E você, não vai experimentar?" Faz não com a cabeça, bebendo um gole.

---

9. Na festa da Apresentação do Senhor, na região, sempre havia um Mickey fazendo crepes. [N.T.]

3

Pela janela, um vento tépido carrega os aromas do veranico. Há o perfume das folhas de plátano acastanhadas por outubro. Detesto esse cheiro de outono que significa volta às aulas. Detesto o malva dos cólquicos na beira do rio em que pescamos aos domingos. Detesto sua voz monótona dizendo "tenha um bom dia", enquanto descasca cebolas. Detesto as calças de veludo verde que Nicole escolheu para mim, o cheiro insosso do giz quando acabo de subir ao estrado. Contemplo as letras meio apagadas no quadro negro. Tenho todo o peso da classe nas minhas costas doloridas.

"E aí, Julien, ficou mudo?" A voz dela tem o efeito de uma martelada na nuca. Quase bato a cabeça no quadro. É sempre assim quando a senhora Ducros fala comigo. Ela é a surpresa-pesadelo daquela volta às aulas, a nova professora da quarta série.

"E aí, isso sai ou não, Julien?" Ela olha de novo o relógio. Acho que preferia me jogar no vazio a emitir um único som. Puxo o caderno de receitas.

Meus dedos deslizam sobre a capa de couro. A senhora Ducros pediu que escrevêssemos uma história para ler na frente. O primeiro da classe, com uma juba dourada, contou suas férias na Itália, de *trailer*, com os pais. Falou dos romanos, de um vulcão, do mar em que mergulhou. Para mim, era como se tivesse ido à Lua. Sou chamado logo depois dele. Após a Itália, falo de *mousse* de chocolate. Poderia ter contado nossos domingos, falado do frango, da pesca, do queijo no chalé. Mas teria sentido medo de que os outros roubassem o pouco da nossa vida.

Abro o caderno de receitas na página em que está o marcador, respiro fundo para encobrir os borborigmos da minha barriga, salto no vazio. Improviso.

Acima de tudo, agarrar-me a uma imagem, mamãe passando o dedo na saladeira em que você derreteu o chocolate. Também quero. Ela acena um não com a cabeça, sorrindo, depois, com o indicador, espalha chocolate sobre meus lábios. Você diz: "Agora chega, senão não vai sobrar para a *mousse*." Você põe a girar a tigela misturadora, batendo as claras em neve. Ficam tão firmes, que o batedor se segura em pé. Conto isso em voz alta, imitando seus gestos. Do mesmo modo descrevo o creme de leite espesso que você incorpora à *mousse*. Esse é um segredinho seu, que leva os fregueses a perguntar por que sua *mousse* é tão cremosa. Você sorri, mas não diz nada, nem aos mais fiéis. Explico que algumas pessoas vão ao Relais Fleuri só por suas batatas salteadas e sua *mousse* de chocolate. Na sobremesa, Nicole põe a saladeira na ponta da mesa, cada um se serve à vontade. Repito sua frase favorita: "Cozinha é generosidade." Com sua *mousse*, você serve telhas de amêndoas do tamanho de minha mão, que o pessoal embebe no café.

Fecho o caderno de receitas. Ouço-me murmurar:

— Pronto.

O calor da estufa a lenha torna o silêncio ainda mais espesso.

— E então? — diz a professora.

Sinto o constrangimento de meus colegas.

— Dá fome — tenta um deles.

A senhora Ducros o fulmina com o olhar.

— Mas está completamente fora do tema. É uma receita, não uma história.

E martela:

— Pedi um dever de francês, não de culinária.

Sou incapaz de responder. No entanto, gostaria de gritar-lhe que a cozinha é toda a sua história, que prefiro mil vezes os gestos que você me ensina aos bagaços de saber que ela nos atira na classe. Gostaria de explicar que, em cada um de seus gestos, há uma epopeia. Dizer-lhes como o cabo e a lâmina de sua faca adquiriram a forma de sua técnica. Como você sova um pedaço de manteiga com um pouco de farinha para "dar liga", assim você diz, a um molho líquido demais. Como sabe o calor exato da chapa do fogão só roçando nele a palma da mão. Como cheira uma costela de boi para calcular sua maturidade.

— E a redação de sua história?

Minhas mãos tremem sobre o caderno quando a senhora Ducros se apodera dele. Abre-o na página da *mousse* de chocolate.

— Mas você não redigiu nada. Só há uma receita. E ainda por cima não é sua caligrafia.

Ela fecha o caderno e o joga. Tem prazer nisso.

— Dê aqui seu caderno de lição.

Ela escreve nervosamente e diz:

— É para seu pai ler e assinar.

Vou matutando a caminho do Relais Fleuri. Ora me apresso, ora paro, ora volto. Faço gestos mágicos: toco o chão para me convencer de que o mundo não está desmoronando. Um toque, e me digo que vou entrar de supetão na cozinha e confessar tudo, brandindo o caderno. Vou contar como defendi sua *mousse* de chocolate e seu ofício de cozinheiro. Certo de que você aprovará. Dessa vez, porém, tenho a impressão de que o chão desaba quando o toco. Não, não vou dizer nada, mas preciso de sua assinatura no caderno de lição.

Nicole me olha fixamente quando passo pelo bar. "Está com um jeito esquisito, Julien." Nicole nunca arranca nada de mim. Espera que me sente "à mesa". "Pecado confessado, metade perdoado", repete. Não dessa vez. Tenho a língua bem grudada no céu da boca. Subo para meu quarto. Enfio a cabeça no travesseiro, gostaria de não existir. Numa tarde de muita saudade de mamãe, eu tinha me trancado no armário do quarto. Queria ficar no escuro para sempre. Acabei pegando no sono. Nicole me descobriu. Lembro-me do pavor dela, quando me perguntou o que estava fazendo ali escondido: "Estou me suicidando", respondi.

É verdade que, desde a partida de mamãe, você fala comigo como fala com Lucien. Eu me sinto um ajudante seu quando você me pede que descasque as batatas ou rale o queijo *comté*. Sinto falta da ternura materna que Nicole não consegue compensar. É desajeitada quando pretende ser terna, como se esse fosse um papel que ela é incapaz de interpretar. Com vocês, embarquei num navio em que a infância não tem lugar.

"Julien, desça para tomar seu chocolate." Nicole pôs minha tigela e algumas telhas de amêndoas sobre o balcão. Enquanto mastigo, nasce meu projeto: vou imitar sua assinatura, copiando-a das faturas do fichário que fica debaixo do balcão. Ao lado, ponho um carimbo, para ficar mais autêntica.

Nicole sobe para se deitar, você está "adiantando" seu bife à borgonhesa, que amanhã, requentado, ficará ainda melhor. Eu lhe digo que vou ver televisão. Aumento o volume para você não ouvir. Abro o caderno. Na página da esquerda, ponho uma fatura do Relais Fleuri e, na da direita, um pedaço de papel no qual treino a imitação de sua assinatura. Sinto que estou criando asas, não tenho a impressão de estar mentindo. Protejo você do desprezo de uma professorinha. Em nenhum momento temo que você fique com raiva. Assino o caderno sob o parágrafo da professora. A perspectiva de enganar a megera me enche de júbilo. E mais ainda quando apoio com força o carimbo no papel. Nessa noite, dou-lhe um beijo caloroso. Demais, talvez, pois você diz: "Calma, mocinho."

No dia seguinte de manhã, tenho segurança de meu ato. Minhas mãos não tremem quando entrego o caderno à senhora Ducros. Ela observa demoradamente a página e me pergunta com voz metálica: "Por que seu pai pôs o carimbo do restaurante?" As palavras dela batem em meu cérebro como um punhado de granizo. Olho fixo para a lousa como linha de fuga. "Para ser mais autêntico, né?" Nem pensar em abrir o jogo. Gostaria de derramar chumbo derretido no permanente dela. Gostaria que ela fosse homem. Aí seria como nos filmes de ação: joelhada no meio das pernas, cabeçada no nariz, que rebentaria como um tomate, e um direto no queixo. "Não responde? Como quiser." Ela se apossa do caderno e o levanta: "Quem quer entregar isto ao pai de Julien?" Todo mundo fixa o olhar em seu próprio tinteiro. "Então vou escolher um voluntário..."

Besouro vai andando à minha frente. Segura meu caderno com as duas mãos, como se tivesse medo de deixá-lo cair. Tem esse apelido porque mais zumbe que fala, debaixo de um espesso capacete de cabelos ruivos. De vez em quando se vira e me lança um olhar preocupado. Por mais que eu lhe tenha dito que não ia lhe quebrar a cara por ele ir falar com meu pai, Besouro não está tranquilo. De jeito nenhum, não vou impedi-lo de fazer isso e não haverá represálias. Porque Besouro é um "coitadinho", como diz Nicole. Mora nas "cidades improvisadas", barracões que fedem a miséria e onde se grita muito. Besouro em geral cheira mais a gordura rança que a sabão de lavar roupa. Nos fins de semana, é visto com uma charrete cheia de um bricabraque doméstico encontrado no lixo. Pede às portas e tenta revender ao trapeiro. No sábado também faz o fim da feira, para conseguir frutas machucadas e hortaliças mirradas.

Besouro entra no restaurante. Balbucia alguma coisa para Nicole quando chego junto à porta. Ela solta, em minha direção: "O que foi que você fez?" Tenho mais pena dele do que medo por mim mesmo. Digo-me que sou batedor na Argélia, que a patrulha que vem atrás conta com minha coragem. "Ele tem uma coisa para meu pai assinar." Eu mesmo me assusto com minha voz calma, daria um bom atirador especial. Besouro desaparece na cozinha, seguido por Nicole. Ela fechou a porta. Besouro sai de lá depois de pouco tempo, de cabeça baixa. Eu pego um pacote de amendoins na máquina de comida perto do bar e lhe dou. Ele zumbe um "não". Digo: "Pegue, nada disso é culpa sua."

Estou sozinho no salão do restaurante. Olho o relógio de parede para confirmar que o tempo não parou. Da cozinha chegam batidas surdas. Começo a sentir medo. "Venha cá, Julien." É sua voz, monocórdia e tranquila. Você está aplanando escalopes com o rolo de massa para fazer bracholas. Lulu lhe traz o recheio. É com ele que você fala:

— Lembra quando eu te meti em cana na Argélia?
— Ô.
— Bom, mas você tinha feito besteira, hein?
— Tinha mesmo.
— O que foi que a cana fez com você?
— Nada, fiquei esperando acabar.
— Os superiores me obrigavam a te castigar, mas não adiantava nada botar você no xadrez, hein?
— Talvez, não sei.

Digo a mim mesmo que aquele rolo vai rebentar minha cara de anjo. Você o faz girar devagar na palma da mão.

— Vá lavar as mãos e venha pegar no batente, já.

Você estende um escalope na tábua. No centro, deposita uma bola de recheio, dobra as bordas, enrola o escalope e amarra em cruz. Agora cabe a mim fazer o mesmo. Minha primeira brachola é barriguda, e o barbante fica frouxo demais. Na segunda falta recheio, ela fica enrolada como uma múmia. Na terceira, ganhei confiança.

— É mais fácil enrolar o pai que uma brachola, hein?
Silêncio.
— Responda.
— Sim, papai.
— Que história é essa de caderno de receitas?
— É aquele que mamãe lhe deu.

É a primeira vez que pronuncio a palavra "mamãe" na sua frente, desde que você me comunicou a partida dela. Você recua bruscamente, acende um Gitanes e chuta a porta que dá para o quintal. Fica tamborilando no batente. "Me traga esse caderno."

Estou na sua frente, com a capa de couro sobre o suéter. "Dê aqui." Você abre a porta do forno. O carvão está candente, uma baforada de calor me envolve. Joga o caderno no fogo, mas Lucien o tira de imediato, e seu punho avermelhado cheira a porco grelhado. Aproxima devagar o rosto do seu e articula: "Será que não chega de fazer besteira?"

4

Os gerânios purpureiam o terraço do Relais Fleuri. Todas as noites, Nicole os rega com uma jarra Ricard amarela. Pôs em cima da cama minhas pilhas de roupas e as reconta em voz alta. "Você vai trocar de roupa muitas vezes, hein?" Grito que sim do banheiro onde estou espremendo uma tremenda espinha na frente do espelho. Aproveito para enfiar a mão na cueca e acariciar os três pelos que despontam em torno dos meus testículos. Não que tenha orgulho deles, mas é que estou o tempo todo intrigado com o que me anda acontecendo. Ninguém me fala do meu corpo, que está mudando.

Vou para uma colônia de férias depois de duras negociações. Nos anos anteriores, eu o ajudava na cozinha em julho e ia para a casa de Maria e Gaby em agosto. Por mais que puxe pela memória, não me lembro de tê-lo visto tirar férias. Há uma imagem que às vezes me acode. É a de uma foto no criado-mudo de mamãe, em que estávamos os três numa praia. Mas essa foto desapareceu. Tal como o caderno de receitas, sumido desde que Lulu o impediu de atirá-lo no fogo. Várias vezes, perguntei a ele onde tinha ido parar o caderno. Lulu deu de ombros: "Como é que eu vou saber?"

O Relais Fleuri fica aberto todo o verão por causa dos turistas que param na estação. Quando você fecha por alguns dias, é para fazer obras. Combinou que em agosto darei uma ajuda a você, Lucien e Gaby, para reformar a cozinha. Leva apenas uma hora e meia de *micheline* até a velha fazenda. O pátio da estação é invadido por mochilas e bicicletas. A minha, menor que as outras, está sobrecarregada de bagagens. Ameaça tombar para trás, se não forço firmemente o guidão para baixo, para mantê-la na horizontal. Não adiantou eu lhe explicar que precisava de uma bicicleta maior, você nem quis ouvir.

Na plataforma 1, o motor do veículo ronrona. É um Picasso bege e vermelho com cabine mais alta para o condutor. Dois ferroviários nos ajudam a carregar as bicicletas. Aparece um monitor. Chama-se François e tem uma magnífica meia-corrida Peugeot prateada. Descreve as trilhas que faremos, as noites na tenda, as vigílias ao redor do fogo. Você e Nicole aprovam, mas eu não presto atenção. Sinto-me pouco à vontade no meio daquele grupo. Os outros rapazes se conhecem e falam de estadias passadas. O chefe de estação manda embarcar. Nicole me beija. Você se aproxima, depois decreta que já sou suficientemente grande para dar um aperto de mão. Está cheirando a *pastis*. De bebedeira, só conheço as dos "bebuns", como você diz, que se demoram no Relais Fleuri, em meio às volutas de seus Gauloises. Nunca são malvados, e, quando fazem muita algazarra, Nicole pede que "abaixem o som". Têm o vinho, o anisete e a cerveja em comum. De uns tempos para cá, você tem ficado com eles, não gosto desse novo costume seu, de beber.

Você acaba por me arrancar um beijo quando estou no estribo do trem. Volta rapidamente para a plataforma. Sabe que sei do álcool. O trem parte. Todos os assentos estão ocupados por grupos de amigos que discutem. Eu fico na plataforma do vagão. As paradas são frequentes em minúsculas estações rurais. O ar tem cheiro de mato cortado. Estou fascinado pelo condutor montado em seu poleiro; suas pernas pendentes fazem estalar os pedais que comandam o motor. O Picasso muge quando chega ao primeiro planalto. Florestas de coníferas substituíram os prados e ensombrecem o horizonte. Está mais fresco. O veículo para no meio do nada. "Aqui é uma verdadeira Sibéria no inverno", diz François, enquanto desembarco minha bicicleta. É originário de Dijon. Será que já viu minha mãe?

Pedalamos como um batalhão desorganizado em meio ao concerto dos grilos. Gritamos, cantamos, ultrapassando-nos. François e os outros monitores, em pé sobre os pedais de suas bicicletas, tentam organizar nosso pelotão, mas nada adianta. Descubro o prazer de estar em bando. A antiga fazenda em que ficamos é uma construção comprida de pedra, protegida dos lados por chapas de metal ondulado, corroídas pela ferrugem. Uma escada de ferro capenga foi improvisada como saída de emergência. As janelas e as portas são pintadas de verde. No térreo, uma sala baixa, como um velho estábulo, funciona como refeitório. No andar de cima, uma fileira de lavatórios sob janelas altas conduz ao dormitório, cujo soalho estala. As camas se apertam entre armários: algumas das portas destes já não se fecham. Os grupos ocupam seus territórios sobre cobertas cor de laranja como os caminhões do Departamento de Obras Públicas. Eu fico numa cama próxima à porta da saída de emergência, aliviado por estar um pouco à parte. Não tenho vontade de participar do assalto aos armários para guardar minhas coisas, prefiro enfiar a mochila debaixo da cama. De repente, um *riff* de guitarra elétrica brota das caixas acústicas pretas postas sobre os armários. Jimi Hendrix está entre nós, depois Ange, Maxime Le Forestier.

A vida na colônia é uma bagunça festiva. Já no primeiro dia, explico a François que ajudo meu pai no restaurante e que posso cozinhar todos os dias. Ataco com força total, propondo fazer um molho à bolonhesa para o macarrão. "É o prato que resolve qualquer parada", como diria você quando está com preguiça. François arregala os olhos: "Você não está zoando, está? Tem certeza do que está falando?" Estou ocupado demais a descascar cebolas para responder de outro modo que não seja balançando a cabeça. Pego um cepo de pinheiro que me serve de tábua de cortar. Fatio as cebolas, esmago dentes de alho, pico cenouras em pequenos cubos. Ponho tudo para dourar. François me traz uma pilha de bifes congelados. "É a carne moída." Torço o nariz, pois, em casa, fazemos o molho à bolonhesa com um bom pedaço de acém moído. Deixo em fogo brando por alguns minutos, acrescento concentrado de tomates e uma lata de tomates pelados. Encontro caldo de carne em tabletes num bufê. Dissolvo-o em água quente e despejo no molho à bolonhesa. Ponho sal e pimenta-do-reino. Ofereço a colher de madeira a uns rapazes que me observam estupefatos. "Experimentem!" Eles franzem os olhos: "Está terrivelmente gostoso." Experimento, assumindo um ar de entendido que provoca o sorriso de François: "Está faltando alguma coisa." Procuro em vão ervas de Provença e folhas de louro. Está claro que não é uma colônia de *gourmets*. Lembro-me de que, na vinda, tinha visto serpilho no talude junto ao acostamento, aquele tomilho silvestre que você colhe para a costela de cordeiro. Azar, se este aqui nasce perto demais do asfalto, eu o enxáguo depressinha na torneira e o ponho esmeradamente picado no molho. Experimento de novo. "Melhorou", e digo suas palavras: "Agora vamos esquecer o molho no fogo."

Ao meio-dia, minha reputação está feita. Não só consegui fazer os colegas comerem cenoura ralada, graças a um vinagrete endiabrado com chalota, como todo mundo quer mais molho à bolonhesa. Estou felicíssimo, vendo os pratos raspados até o último pedacinho de espaguete. A partir daí, sou chamado de "*chef*", mas François não entende por que me contento com um pedaço de pão com *camembert*. Respondo, orgulhoso, que "os cozinheiros são ocupados demais para se sentar à mesa".

Um dia, embatuco diante de uma receita que está no menu. Trata-se do frango à caçadora. Peço autorização para lhe telefonar. Você fica horrorizado ao saber que não há nenhum profissional na cozinha e pede para falar com o diretor. François responde que todos os dias faço ótimas refeições para a colônia, com a ajuda dos colegas. Ouço pelo fone que você está nervoso. Alguns minutos depois, você liga de volta: "Anote tudo o que vou lhe dizer." Tenho a impressão de que o caderno de receitas ressuscita sob meus dedos. Arranco vinho branco dos monitores para o molho.

Minha maior façanha eu realizo durante uma trilha. Acampamos numa valada magnífica onde desemboca uma torrente. No prado onde montamos as tendas, vocifero contra a rocha que aflora e nos impede de plantar as estacas. Mas o pior está por vir. O diretor da colônia afirma que o fim do mundo está próximo e que precisamos aprender a sobreviver com os meios disponíveis. Isso passa pela confecção de um mobiliário ao ar livre, unicamente com cordão de cânhamo, um machado, uma faca e ramos de aveleira. Os veteranos da colônia são experientes e fabricam obras-primas em mesas, bancos e até um escorredor para a bateria de cozinha.

Certa manhã, acordamos com cacarejos. Um mundaréu de frangos se diverte entre nossas tendas. A missão é simples, mas decisiva, para nós, sobreviventistas, como explica o diretor: oferecer o melhor frango grelhado ao meio-dia. Mas, antes disso, é preciso abater o bicho, depená--lo, eviscerá-lo... Até os mais temerários ficam em dúvida. Correr atrás dos frangos, vá lá, é algo que enseja um mistura desopilante de corrida campestre e partida de rúgbi com quinze jogadores. Mas e depois? Um sanguinário agarra um machado e decapita lastimavelmente o animal, em várias tentativas. Eu convoco minhas lembranças de abate de frangos com Gaby, atrás de seu isbá. Sei que é preciso amarrar as patas da ave viva com barbante e suspendê-la de cabeça para baixo, a fim de sangrá-la no nível do pescoço. Nosso frango vermelho se debate sob um freixo, enquanto a faca mais cortante circula por nosso grupo sem encontrar quem a pegue. Todos me olham, o cozinheiro sou eu, cabe então a mim abatê-la. Acaricio suas penas, como faz Gaby, e corto a veia com um golpe seco. O sangue cria uma espessa mancha vermelha na relva, abaixo dos sobressaltos do animal. "São seus nervos", diz um rapaz. Esqueci de acender um fogo para a panela de água. Todos se agitam para cortar ramos e reunir gravetos. O fogo pega depressa. Não explico nada aos colegas. "A gente pode ajudar?", perguntam repetidamente. Peço-lhes que colham serpilho. Mergulho o frango na água fervente, no tempo justo para que as penas saiam com facilidade quando as puxo. Tiro as vísceras, conservo os miúdos e encho-o de serpilho. Os colegas fizeram dois forcados para segurar o espeto de aveleira. Nós nos revezamos para assar o frango. Aos monitores ele é apresentado sobre uma cama de folhas de genciana.

Gostaria que você estivesse lá na última noite, quando fizemos uma montanha de crepes. Eu já nem sentia as costas e os braços. Os colegas me deram de presente uma tábua de cortar com meu nome pirogravado.

Na noite da volta, bebo com você, Lucien e Nicole no terraço. Vocês pedem que eu conte as trilhas que fizemos, os desfiladeiros que atravessamos, os locais que visitamos. Mas só tenho vontade de falar de cozinha. Isso não lhe agrada. Você fica olhando para outro lado. Nicole põe na mesa um prato de tomates cobertos de rodelas de cebola-cristal. "Nesta noite, com esse calor, come-se algo frio." Você abre uma garrafa daquele *rosé gris* que bebe no verão. Interrompe de chofre o relato dos meus feitos. Põe a mão no braço de Lulu:

— Amanhã o pessoal vem desinstalar o fogão e instalar o novo.

Lulu não reage. Corta um pedaço de linguiça *andouille* e o come com pão, usando a faca como Gaby.

— Não dava mais para continuar com o carvão, já não estava esquentando, estava todo escangalhado — argumenta meu pai.

— Que é isso? Ainda estava funcionando bem — protesta Lucien.

Você lhe dá um tapinha nas costas e conversa, como numa propaganda.

— Você vai ver como o gás é maleável e prático. Acabou a história de carregar baldes de carvão do porão.

Nicole aprova:

— Ainda por cima o gás é mais limpo, e você já passou da idade de arrastar sacos de carvão.

Lucien não está ouvindo, enrola um cigarro, com uma das mãos sobre a coxa. A chama do isqueiro na penumbra ressalta a magreza de seu rosto. Já não falo do meu molho à bolonhesa nem do meu frango. Eu imaginara que você ficaria orgulhoso de mim. Não é nada disso. Para você, sem dúvida, passei as férias cozinhando às suas costas. É pior do que se eu tivesse me comportado mal.

5

Da Argélia, Lucien e meu pai guardaram uma palavra: "maktub", destino. Eles põem maktub em todos os molhos, nos resultados do futebol, no câncer de mama da vizinha, na vitória de Valéry Giscard d'Estaing para presidente. Mas Lucien não gosta do maktub do fogão a carvão que deve ser substituído. Diz isso mais uma vez a meu pai antes de montar em sua "azulzinha". Lucien exagerou no licor de genciana, que fica rascando a garganta mais tempo que uma ressaca. Enrola mais um cigarro para fumar no caminho. Está de cara cheia. Antes de montar na mobilete, vai mais uma vez à cozinha acariciar o fogão que está de partida. Se o velho ferro fundido falasse, contaria histórias sem fim de volovãs, *bavette* na chalota, coxas de rã. Falaria das mãos daqueles dois homens sarapintadas de queimaduras; do fogo que estrugia em suas entranhas desde manhãzinha debaixo do caldeirão de água fria. Descreveria a espuma do ensopado; o perfume inebriante do queijo *mont-d'or* assado no vinho amarelo; a pele de frango a inflar e dourar no forno. Lucien sabe de tudo isso. Já é órfão de seu fogão.

Os rapazes acabaram de desmontar os fogões por volta do meio-dia. Dizem: "É um ferro fundido como não se faz mais." Ainda não tinham nascido quando o fogão a carvão foi instalado. Meu pai e Gaby começaram a lavar as paredes da cozinha para pintá-las. Lucien não veio. "Teve um problema no carburador", brinca o irmão. Todo mundo sabe que Lulu não quer ver "seu" fogão ir embora.

Comecei um churrasco no quintal. Transpiro serrando cepos de videira. Você explica que não há nada melhor que o sarmento para grelhar. "Quanto ao resto, imagino que você sabe fazer, agora que é o mestre-cuca de verão", diz voltando às obras. Está sorrindo. A irritação da véspera passou. Fico radiante. Tenho fatias de costeleta de porco do tamanho de uma pá. Giro violentamente o lavador de salada para espirrar gotas de água na parede. Pico cebolinha. A mesa está arrumada. Até aí tudo vai bem. Você, Gaby e os operários se instalam para o aperitivo. Mastigando amendoins e bebendo seu Pontarlier, você está sentado na cabeceira da mesa para me ver cozinhar, mas se abstém de interferir. Ponho as fatias de costeleta sobre a churrasqueira. Mexo as batatas que estão grudando. Ouço a gordura da carne crepitar quando cai sobre as brasas, mas, quando dou as costas, ela já se inflamou. Afasto as fatias de costeleta das brasas. Mexo de novo as batatas, algumas estão pretas de um lado e cruas do outro. Busco seu olhar, mas você imediatamente entabula conversa com o vizinho. Misturo a salada com o vinagrete e a ponho na mesa, esperando assim ganhar alguns minutos, o tempo de comê-la. Mas você pergunta ardilosamente aos operários se querem a salada antes da carne ou com ela. Estão com fome suficiente para reivindicar o prato cheio. Para mim, é um desastre. Você sabe disso, mas não faz nada para evitar. As costeletas estão queimadas por fora, sangrando por dentro; as batatas, grudentas ou cruas. Os rapazes dizem que está bom porque são educados. Você belisca o conteúdo do seu prato usando a ponta da faca, com um trejeito irônico. "Vamos, faça uma bela tábua de queijos para a gente terminar a salada." Saio de fininho para a despensa, você vem atrás de mim. Sinto-me envergonhado. Você me segura pelos ombros: "Sabe, em cozinha nada nunca está ganho, você pode ser ótimo um dia, mediano em outro porque se levantou com o pé esquerdo. Sei que fez o melhor possível. Quando você se engana, aprende errando. O mais importante é a regularidade."

O operário está soldando os tubos de alimentação de gás para o novo fogão. Lucien acabou dando as caras. Contempla a cena, mais pálido que nunca. O operário me emprestou uns óculos de proteção para olhá-lo trabalhar. Acende o maçarico, que começa a assobiar, e aplica a chama sobre o tubo. É um penachinho azul dançando sobre o cobre, enquanto ele aproxima uma vareta de metal para realizar a soldagem. Ele, no entanto, diz "brasagem". Há palavras assim que me regalam os ouvidos: "macaquear" uma carne quando se polvilha farinha sobre ela; "cardinalizar" os crustáceos, dourando-os no fogo alto para que ganhem coloração vermelho-alaranjada; "cirandar" um molho, mexendo-o com uma espátula para impedir a formação de película. Também me deleito quando você despreza os robôs domésticos, tratando-os de "tararas", e, quando não encontra algum objeto, diz que ele "abriu campo fora". Quando estamos todos diante dos fogões, você diz com frequência: "Isso pegou, sim ou não?" Em seu glossário, "pegar" quer dizer um monte de coisas: grudar no fundo da panela; cozinhar demais na frigideira; ferver depressa demais; formar grumos na massa de crepe... "Pegar", para mim, é a mais preciosa das heranças.

Estamos os quatro — você, Lucien, Gaby e eu — contemplando o novo fogão. Sentencioso, você anuncia:

— Agora é pôr pra amaciar.

Gaby gargalha:

— É como mulher ou fuzil. Precisa perder a virgindade.

Sobre o esmalte bege, o fabricante pôs uma placa gravada "Le Relais Fleuri". Você encheu o caldeirão e o colocou sobre o gás. Está convencido:

— De fato, esquenta mais depressa.

Acende o forno, arranha o ferro fundido imaculado. Lucien mantém-se a boa distância, de braços cruzados. Você lhe pede que faça uma massa podre. Estou descaroçando abrunhos. Você me dá uma bronca porque não estou sendo suficientemente ligeiro.

— Tem certeza de que não esqueceu alguma coisa? — cochicha ao meu ouvido Lucien.

Eu contemplo os frutos lindamente dispostos, com o lado descaroçado para cima:

— O quê?

— A sêmola no fundo da fôrma, para absorver o sumo das frutas. Senão, a torta vai ficar molhada como um pano de chão.

Desmonto minha torta, salpico a massa com uma camada de sêmola e recoloco os abrunhos, acrescentando um véu de açúcar não refinado. Você está massacrando Brassens e sua *Chanson pour l'Auvergnat*. Está alegre na mesma proporção em que Lucien está soturno. Manda-me buscar batatas na despensa. A coisa esquenta entre vocês dois, lá em cima. Deixo a tempestade passar. Vocês são como velhos casais que quebram o pau por causa de um programa de televisão, mas se preocupam quando o outro foi mijar e demora para voltar. Você abre o forno:

— Passe o açúcar, para dar mais uma tostadinha nos abrunhos.

Retira a torta do forno. Os abrunhos estão seriamente bronzeados.

— Parece até que pegaram muito sol — arrisca Lulu.

— Você está contente, é culpa do gás!

Eu me sinto homem como eles, bem mais por compartilhar seus gestos do que pela descoberta dos pequenos e grandes lábios nas páginas amarrotadas de *Lesbienne orgy*, fotonovela pornô que circulava no dormitório da colônia. Você divide conosco uma parte da torta de abrunhos e um fundo de garrafa de vinho Rasteau. Estou com o cabo da frigideira numa das mãos e o copo na outra. O vinho acondimenta minhas papilas depois da acidez dos abrunhos. Tenho um pouco de calor, mas me sinto forte, tranquilizado por ser assim considerado como um operário da comida. E de repente uma borrasca atravessa meu peito: queria que mamãe estivesse ali, que nos chamasse de "meus homens"; que você a chamasse de "minha burguesa", servindo-lhe champanhe. Imito seus gestos para virar minha *galette* de batatas. Você se volta para Lucien:

— Diga lá, você nos faria uma omeletezinha com os cogumelos que trouxe?

Segura minha mão.

— Venha.

Leva-me para o quintal e lá se senta à mesa com nossos copos. Lança uma grande baforada de Gitanes em direção ao crepúsculo, dizendo-me:

— Precisamos deixar Lulu sozinho, ele está adotando o fogão.

Bebe um gole em silêncio.

Lucien aparece com a omelete.

— E a mesa, caramba! Sou eu que vou precisar arrumar? — brinca.

E o segura junto de si.

— Julien, traga uma baguete e uma faca, vamos comer como no deserto. A gente corta fatias de pão e pega pedaços de omelete com os dedos. Lembra, Lulu?

Lucien aquiesce, servindo vinho de novo. Sinto que você está aliviado. Lulu e o gás vão se dar bem.

6

Uma jovem aparece no bar. Vende a enciclopédia *Tout l'univers*. Nicole a ouve com educação, folheando um dos volumes de capa vermelha. Você as observa do passa-pratos. Depois sai da cozinha e convida a jovem a se sentar e lhe dar explicações. Vai virando as páginas, balançando a cabeça. Descobre que os espartanos se alimentavam de sangue de porco e vinagre. Faz uma careta. Já mergulhei em *Tout l'univers*, mas de vez em quando observo os dois. Ela pega um Gitanes seu. Seus cabelos cor de palha são bem curtos. Você pergunta se é complicado vender livros de porta em porta. Ela diz que as pessoas são gentis, mas compram pouco. Você me olha: "E você, o que acha de *Tout l'univers?*" Digo: "É bom", sem parar de ler. Você diz: "Negócio fechado." A moça parece aliviada: "É verdade mesmo, o senhor vai comprar minha enciclopédia?" Ela precisa falar. Está tentando concluir os estudos. A venda de enciclopédias é para se sustentar e criar seu bebê. É mãe solteira. O pai é um soldado de passagem que lhe prometeu mundos e fundos antes de desaparecer ao término do serviço militar. Ela mostra uma foto da filhinha. Você sorri. É tarde, ela precisa ir buscar o bebê na casa da mãe. Você puxa a porta de enrolar, como quem fecha um parêntese.

Nunca o vi com outra mulher além de mamãe. É como se a luz da sedução se tivesse apagado quando ela partiu. Nicole certa vez lhe disse: "O senhor precisa encontrar uma boa pessoa. Pelo menino também." Você resmungou um "não" sem apelação. Acho que prefiro assim.

Noite alta, você fica sabendo que Lucien derrapou numa placa de gelo na volta para casa. A perna direita dele está toda esfrangalhada.

Ele precisa ficar imobilizado pelo menos uma semana. Você consulta seu rol de conhecidos para recrutar um extra. Rezo ao santo patrono dos cozinheiros para que você não encontre ninguém, pois já me vejo em condições de substituir Lulu. Você não encontra ninguém. O dia seguinte é domingo. Nem pensar em frango à beira do rio. Nós dois vamos adiantar os pratos para os dias seguintes.

Você inspeciona a despensa e rabisca os menus na bancada. Atacamos de carne com cenouras, que poderá murmurar num canto do fogão todo o restante do dia. Com seus cozimentos lentos, aprendi a respeitar o tempo, para trabalhar melhor com ele. Quando lhe pergunto se é preciso um caldo, um molho-base ou um caldo de carne para a carne com cenouras, você se irrita: "Carne e cenouras, como o nome indica."

A caçarola preta de ferro fundido é o carro-chefe dos cozidos lentos. Você me pede que doure os cubos de carne, mas não demais, com cebola ou chalota, que acrescente as cenouras cortadas em rodelas, louro e tomilho e deixe tampado em fogo lento. Não escondo a surpresa:

— Só isso?

— Quando uma mulher é bonita, não precisa se maquiar como carro roubado — responde você.

Eu argumento que Nicole se maquia muito. Você suspira e ri:

— É porque ela acredita que, quanto mais maquiagem usa, mais segura o cafetão.

Há no porão um tesouro que você vigia ciosamente. Você é o único que tem o direito de abrir a salgadeira, imponente jarrão de cerâmica em que conserva peças de porco que são o segredo de seu *petit salé* com lentilhas. Você acaba de subir de volta com paletas e joelhos e os dessalga sob um fio de água. Você nasceu num mundo em que a autossuficiência era o único meio de não morrer de fome. Transmitiu-me o gosto pelas conservas. Raspei baldes de pepinos antes de os colocar no sal e vinagre. Tirei sementes de carradas de tomates para fazer molho. Piquei com alfinete cestos e cestos de cerejas que, na aguardente, rendem uma notória guloseima. Você me ensinou a perfumar o ambiente pondo para secar cantarelos e trombetas-da-morte num varal.

Eu espeto numa cebola dois cravos-da-índia e a ponho com um ramo de cheiros num caldeirão de água fria, no qual a paleta e os joelhos vão cozinhar uma hora e meia. Durante esse tempo, preparo as lentilhas.

— Você pôs sal na água.

— É, pus.

Você suspira:

— Esqueceu que as leguminosas precisam ser salgadas no fim do cozimento? Senão endurecem.

Pede-me que doure cebolas e cenouras. "Você acrescenta o *petit salé*, as lentilhas e despeja um pouco do caldo delas. Mas não muito, senão vai ser um aguaceiro. Ponha, mais um pouco... chega, está bom." Com você, aprendi a economia dos gestos. Raspo os limões sem pressionar demais, para recolher a raspa, e os espremo para extrair o suco. Você me fala das licenças que tirava com Lucien em Argel, quando se deliciavam com o *créponné*, um sorvete de limão. Conta também que se regalava com omelete de malva, planta que floresce nos taludes e nos campos.

Tira a torta de limão do forno e põe uma de maçãs. Levanta a tampa da carne com cenouras e finca a faca num pedaço de acém. "Está cozido. Amanhã o esquento."

A semana inteira levanto-me às seis horas. Descasco as batatas antes de ir para o colégio. À noite faço correndo os deveres de casa, para me dedicar a um macarrão gratinado e maçãs ao forno. Quando volta na segunda-feira seguinte, Lucien me diz: "Parece que você mandou muito bem." Você não me diz uma palavra. Não sabe fazer elogios, os outros precisam fazê-los em seu lugar. Mas tudo isso me dá mais segurança. Está decidido, quero fazer um curso profissionalizante de gastronomia. A orientadora vocacional fica em dúvida quando lhe falo disso. Diz que sou até bom aluno, que deveria continuar pelo menos até o *baccalauréat*,[10] que, segundo ela, abre todas as portas, inclusive para a hotelaria e a gestão de restaurantes. Na época, as profissões ligadas à cozinha tinham a reputação de ser de segunda categoria. Mas teimo, há um bom liceu hoteleiro a trinta quilômetros. Poderia até voltar todas as noites de *micheline*. "Vai ser preciso ver isso com seu pai na reunião de pais e mestres."

Desde o verão em que cozinhei na colônia de férias, você e eu selamos um pacto. Tenho o direito de tocar nas panelas, desde que tenha terminado os deveres de casa e apresentado notas e boletins satisfatórios. Ocorre-me ler à noite na cozinha, perto de você, principalmente quando o expediente se eterniza. Também levo um livro para a beira do rio aos domingos. Tudo isso o convence de que sou um aluno estudioso. Cabe dizer que devoro tudo o que está impresso desde que você me presenteou a enciclopédia *Tout l'univers*. Quando estou lendo, sentado na bancada, você me pergunta com frequência: "Isso fala de quê?" "Da guerra da Espanha." Leio *A Esperança*, de Malraux. A professora de francês pôs bem alta a marca do padrão de exigência. Sempre tive paixão por relatos de guerra. Mais tarde na vida, esqueci o sono com frequência, lendo *Vida e Destino*, de Vassili Grossman, e *As cruzes de madeira*, de Roland Dorgelès. Tenho menos gosto pela matemática. Limito-me a reproduzir fórmulas e figuras geométricas que não entendo lá muito bem.

Um dia, passou pelo restaurante um vendedor que gabava umas fritas pré-cozidas que o fariam economizar tempo. Você o olhou como se ele tivesse caído da Lua: "Para mim, fritas são batatas, faca, óleo, frigideira e sal. E ponto final." O representante comercial ficou encabulado, mas admitiu: "Gente como o senhor há cada vez menos." Você morreu de rir. Olhou para ele como se fosse um pregoeiro de feira.

---

10. Exame de conclusão do segundo grau e de ingresso no grau universitário. Divide-se em três setores: filosofia, ciências experimentais e matemática, com provas distintas. Também chamado abreviadamente de *bac*, como se verá adiante. Pode ser traduzido por *bacharelado*, mas o termo em língua portuguesa não costuma carrear os mesmos significados do francês. [N.T.]

Nessa noite o restaurante está fechado porque vamos à reunião de pais e mestres no colégio. Você faz a barba na cozinha, nunca mais usou o banheiro do andar de cima. Improvisou um chuveiro ao lado das toaletes para os fregueses. Mas com frequência lava o rosto na pia. Prometeu que me ensinaria a fazer a barba. Por enquanto, o que tenho são espinhas no queixo e entre as sobrancelhas. Com o pincel, faz o sabão espumar na tigela. Parece até que está batendo claras em neve. Gosto de sentir o peso do aparelho de barbear que você conserva com o mesmo cuidado que dispensa às facas. Barbeia-se com gestos flexíveis e medidos, entrecortados pelo ruído de enxaguar o aparelho na pia. Admiro sua calma, sua leveza, enquanto o rádio transistor vocifera notícias. Quando você está assim, de torso nu diante de um espelho pendurado a uma prateleira, tenho a impressão de que nada nos pode acontecer. Você é meu pai lutador, meu pai paxá do Relais Fleuri, meu pai que sabe fazer tudo com as mãos. Ordena que me aproxime. "Vire-se." Espalha sabão sobre meu pescoço e sinto o aparelho deslizar com precisão. Gosto do contato da espuma e do metal. "Pronto, você tinha três pelos e uns cabelinhos que era preciso tirar." Gostaria que me desse o pincel e o aparelho para me barbear. Mas você repete: "Tem tempo." Lucien, por sua vez, me deixa montar na mobilete para ir buscar pão.

Você vestiu uma camisa branca que Nicole passou. Subimos a pé. Você dá uma parada para acender um cigarro.

— E aí, vai fazer que *bac*?

Desde que comecei a esperar essa pergunta, ela é para mim uma espécie de batata quente com a qual não sei o que fazer... A resposta mais curta será a melhor.

— Quero ser cozinheiro.

Você deixa a chama do Zippo ardendo intermináveis segundos, seu perfil se crispa. Está com cara de fera triste quando se volta para mim:

— Não faça isso, meu filho.

Fuma furiosamente o Gitanes.

— Por que, não me saio bem?

— Não é isso.

— O que é então?

— Eu fui obrigado a trabalhar com as mãos. Você não, você tem a oportunidade de aprender.

— Mas eu aprendo com você.

Você suspira.

— Sim, mas não nos livros.

Nossos passos ressoam no pavimento. Tenho frio. Ponho as mãos nos bolsos da calça. Você me segura pelos ombros.

— Sabe, quando comecei na padaria, era tão pequeno que quase tombava para dentro da amassadeira. Eu me descadeirava com os sacos de farinha. Me queimava com as cinzas quentes. Então, você, vá à escola o maior tempo possível. Para não acabar na linha de montagem de uma fábrica nem carregar sacos de cimento num canteiro de obras. Aprenda uma boa profissão.

— Mas cozinheiro é uma boa profissão.

— Não, menino, você tem esse sonho porque está debaixo das minhas asas e das de Lulu. Mas vá ver em outros lugares. Os caras gritam, dão porrada, ficam enchendo a cara no bar enquanto os aprendizes suam sangue. E depois, cozinha lá é vida? Você fica de pé das sete da manhã à meia-noite. Mesmo quando a coisa vai bem, sempre tem a angústia do salão vazio, de o serviço dar errado, de o rim ou a *blanquette* não saírem como de costume.

— Mas eu gosto da cozinha.

— Não faça dela a sua vida, porque ela te engole. Aprenda uma boa profissão.

— E para você o que é uma boa profissão?

Andando, ele conta nos dedos.

— Contador, desenhista industrial, engenheiro, médico, ferroviário, professor. Funcionário público, sim, isso é bom, você tem garantia de emprego e não apanha como em empresa particular.

— Gaby diz que a gente precisa ser livre e fazer o que quiser. E que funcionário público é colaboracionista.

— Gaby não liga para nada porque conheceu a guerra, quando acordava de manhã e não sabia se ainda ia estar vivo ao meio-dia.

— Mas você também conheceu a guerra.

— Não era minha. Eu não tinha de libertar meu país. Ora, a gente está falando de outra coisa.

Chegamos à porta do colégio junto com minha professora principal. Meu pai lhe aperta a mão sem jeito, dizendo: "Sou o pai de Julien." Como se a coisa não fosse óbvia.

7

Pela enésima vez, faço um traço de tinta nanquim no papel de seda. Trata-se de desenhar a carcaça de um pequeno motor elétrico. Fiz o esboço com lapiseira e, principalmente, a poder de borracha, pois me perco nas vistas em perspectiva. A caneta derrapa no traço. De tanto raspar os borrões com lâmina de barbear, acabo furando o papel. Fico nervoso e rasgo o desenho. Recomeçar é ainda mais penoso porque não vejo nada de interessante no desenho industrial nem na construção mecânica, que me ocupam dias inteiros no liceu. Um colega desenhou um Soneca nas costas de meu jaleco azul, o que resume bem minha atitude nesse primeiro ano, com ênfase em matemática e técnicas. Optei por este medonho edifício de concreto armado no meio de uma ZUP de má-fé: acreditei que dissuadiria meu pai de me impor estudos suplementares e poderia me orientar para a gastronomia. Mas é um pesadelo vir todos os dias para esta escola. Quando estaciono a bicicleta perto do ginásio e contemplo as vidraças da oficina, sou assaltado pelo mesmo pensamento: aguente firme.

Dessa época resta-me um cheiro que posso invocar com um estalo de dedos: o cheiro do metal quente que está sendo usinado. No vestiário, abro meu armário metálico, desvisto a parka e visto o jaleco, pego as chaves de boca, o paquímetro, um pano e a lima. Ainda que seja preciso ser discreto com a lima. Somos os filhos do taylorismo: nossos professores nos prometem um belo futuro de técnico de nível superior ou mesmo de engenheiro na Peugeot em Sochaux. Nem pensar em limar o metal para fazer uma peça exclusiva, mas, ao contrário, trata-se de produzir grandes séries em máquinas automatizadas sob nossos cuidados. O controle habilidoso do operário altamente qualificado é substituído por um dispositivo visual binário: luz verde, a peça usinada está com as dimensões corretas; luz vermelha, ela não está de acordo com as especificações. "Até um crioulo que não sabe ler nem escrever reconhece as cores", pontifica um professor. O crioulo não tem direito à lima. Nós também não. Se por acaso somos flagrados a usá-la, a punição é imediata: precisamos cortar um pedaço de trilho ferroviário com arco de serra, o que equivale a esvaziar o mar com uma colher. A gente passa horas fazendo isso.

Viro freguês do arco de serra porque, para começo de conversa, detesto a perspectiva de me tornar um daqueles caras de jaleco branco que maltratarão trabalhadores na linha de montagem. Nela concentro toda a minha incompetência e falta de jeito. O que é fácil, pois, assim que piso nos ladrilhos cinzentos da oficina, minhas pernas bambeiam. Sou especialmente rebelde ao uso do torno, máquina-ferramenta que me faz girar tanto quanto o metal que ela usina. Quando imobilizo a peça no mandril, sou como o vaqueiro a conduzir os animais para o abatedouro. Não consigo nem devanear quando olho as aparas se retorcendo no óleo que resfria o metal. Sinto-me vazio, ao mesmo tempo que me xingo de babaca. Estou furioso por me encontrar aqui, e não diante de um forno do curso de hotelaria. Posso passar horas olhando uma caçarola borgonhesa cozer lentamente, imaginando variantes para a receita do meu pai, ao passo que mandrilar um cilindro de aço me imerge num torpor sinistro.

Em todo caso, não usino, massacro. Minha reputação de mau aluno da oficina está garantida já nos primeiros dias. Criou-se um jogo entre mim e o professor de torno, ex-metalúrgico que foi promovido fazendo cursos noturnos. Ao contrário de outros professores que só botam fé na construção mecânica e me aconselham a cortar a grama na frente do liceu, ele entendeu que eu era um erro de cálculo entre uma fresadora e uma limadora. Quando me vê desorientado, vem regular a máquina, com o fim de evitar que eu quebre mais uma vez uma ferramenta. Em todo caso, aconteça o que acontecer, no fim vai me dar a nota mínima para passar, para evitar que eu afunde. Às vezes o vejo lendo em sua escrivaninha. Falou-me de Bernard Clavel, um escritor "nascido no pedaço", como diz, de quem gosta muito. Emprestou-me *La maison des autres*,[11] romance que transcorre em nossa cidade e põe em cena um aprendiz de confeiteiro. Li alguns trechos em voz alta para meu pai, que disse: "É verdade, era desse jeito na boca do forno." O professor de torno e eu temos um jogo. No fim do dia, ele me entrega a vassoura, fingindo um ar altivo, e diz: "Então, em marcha, rei dos varredores de aparas." Eu me divirto fazendo montinhos de poeira enquanto espero a hora do intervalo. Os colegas riem quando me veem dando grandes vassouradas.

Somos uma classe de jovens machos cabeludos e barbudos que fumam cigarros enrolados com um fumo áspero, ouvindo Angel e Van Halen aos urros. Esmerilhamos motos em guinadas feitas na base do *pastis* e da cerveja. Escondemos chaves de fenda nas cubas de purê da cantina para desencadear greves. Recolhemos esferas de aço para munição de manifestações imaginárias. Somos um bando espantosamente fraterno entre os ases da fresadora, os bambambãs das integrais e o grosso da tropa vacilante. Toco o fundo do poço nas matérias técnicas, boio nas científicas, mas nado de braçada em francês, filosofia e história. Estamos sempre de braços dados, graças a uma permuta bem-azeitada: eu redijo dissertações e comentários em troca de desenhos impecáveis de bombas de água e de trens de engrenagem.

Você, na cozinha, me vê voltar do liceu como um futuro diplomado em Artes e Ofícios. Eu me abstenho de dissuadi-lo. Assim que saio da oficina, sinto-me feliz por largar aquela porra de cheiro de metal. Esfrego os dedos furiosamente com aquele sabão que tem uns grãos de areia que avermelham as falanges depois de expulsar a graxa. Gosto desse gesto porque assim me vejo operário como você. Não torneiro nem fresador. Não, apenas um operário a limpar as mãos, como você

---

11. Literalmente, *A casa dos outros*. Não há tradução em língua portuguesa. [N.T.]

com seu pedaço de pano enfiado no avental. Quero ser um proleta da comida, um obreiro dos fogões. Disse isso a Gaby, quando estávamos podando uma faia. Ele respondeu: "Decerto não serei eu a fazê-lo mudar de ideia, mas não diga isso de jeito nenhum a seu pai. Seria um deus-nos-acuda."

Então, se lhe agrada, veja-me como um futuro chefe de oficina enquanto bate claras em neve. Estou convencido de que esse mal-entendido chegará ao fim quando eu tiver esse maldito diploma no bolso. Enquanto isso, agarro-me à minha prancha de desenho. Todas as noites, começo pelo pior, a intersecção entre um cilindro e um cone, e termino com aquele mel que é *A educação sentimental*. Em francês herdamos um pedacinho de mulher que consegue fazer nossa horda de metaleiros amar Flaubert e Verlaine. Os brutos, quando montam sua Honda 125 XLS para descer as escadas da rue des Vieilles-Boucheries, sonham ser aventureiros com Cendrars e Rimbaud. Aprendem o prazer de reunir palavras com a mesma minúcia com que realizam ajustes na oficina.

Sábado ao meio-dia, troco finalmente o jaleco azul da oficina pelo avental de ajudante de cozinha. Minhas mãos, tão desajeitadas na prancha de desenho e nas máquinas-ferramentas, encontram por fim seus pontos de referência. Você e Lulu grelham os bifes de fraldinha, eu lhes dou uma ajuda com as fritas. Mas, principalmente, preparo o patê rústico para a semana seguinte. Todos os sábados, eu me exercito com peito e garganta de porco, fígado de aves, ovos e cebolas. Você se irrita porque peso as carnes. "Mas, meu Deus, quem faz estudos técnicos como você sabe medir a olho nu."

Seu moedor sem dúvida é o único objeto mecânico que me agradaria. Todos os sábados, depois de limpá-lo, lubrifico-o com um pouco de óleo de amendoim e o embrulho num pano que tem um cheiro de que gosto muito: gordura, cebola e condimentos. Atarraxo-o na bancada e verifico se a manivela está no devido lugar. Prometo a mim mesmo desenhá-lo um dia com tinta nanquim para reproduzir a magia da fundição, que produz cheios e vazios, curvas e retas. Gostaria de aprender a moldar ferro fundido na areia, em vez de usiná-lo naquelas máquinas-ferramentas diabólicas.

Você me observa com o canto dos olhos, enquanto corto a carne em tiras. "Pode fazer mais grossas, senão vai ficar a tarde toda aí." Eu as passo no moedor com as cebolas. Misturo ovos, sal, pimenta-do-reino e os quatro temperos.[12] Gosto de misturar alimentos crus, com as mãos manchadas de carne e gema de ovo. Gosto do veludo da mistura e do picante da cebola numa porção retirada. Não paro de saborear, acrescentando uma pitada de sal e alguns giros do moedor de pimenta. Interrogo você com o olhar, e seus olhos me dizem: "O patê é seu, você é que sabe o que está fazendo." Forro uma grande terrina castanha com redanho, fina renda branca que recobre o patê. Quando a enforno, você verifica se há água suficiente no fundo do prato em que ela vai cozinhar em banho-maria.

Hoje me lanço à confecção dos filhós que prometi para minha primeira festa de sábado à noite. Você me deu permissão de voltar à meia-noite. Empurra tudo o que abarrota a bancada e a enfarinha. A massa forma um lençol amarelado quando você a estende. Dá uma parada para berrar: "Cadê a carretilha?" Lucien vasculha. Põe para fora braçadas de garfos e colheres. A carretilha continua sumida. Até você me pedir que emborque um pote de cerâmica e sua mixórdia de batedores, conchas e colheres de todos os formatos. No meio da desordem aparece uma carretilha grosseiramente ajustada a um cabo de madeira. Com ela, você traça quadrados, triângulos e rodelas na massa. Joga um pedaço no óleo. A massa doura, você encadeia rodadas de filhós, enquanto eu traço outras figuras.

Ando pela velha cidade sobraçando um cesto de filhós embrulhados num pedaço de pano. É uma noite de frio seco, o ar recende à lenha das chaminés. A música vai ficando mais alta à medida que subo a

---

12. Mistura de cravo-da-índia, noz-moscada, pimenta-do-reino e gengibre ou canela em pó. [N.T.]

ruela encimada pela imponente cabeça de cavalo do açougue hipofágico. Você sempre se recusou a cozinhar cavalo. Diz que eles têm olhar humano quando são conduzidos ao abatedouro. Reconheço a voz de Nina Hagen no *African Reggae* que escapa de um respiradouro. Um lance de escada, uma porta pesada, sou cegado por uma luz estroboscópica que entrecorta os movimentos dos dançarinos. Eles formam um enxame num labirinto de porões abobadados. O ar cheira a mofo, fumo e patchuli. Estou parado como estátua no último degrau, com meu cesto de filhós. Uma mão me arrasta para perto de meus colegas, que cercam uma lixeira cheia de latas de cerveja. Um deles destampa uma com o isqueiro e me entrega. O vizinho abre outra com os dentes e a esvazia de um trago. Estamos entre apaches[13] das altas esferas da ZUP, baixados na bomboneira burguesa da velha cidade. Os índios metaleiros se perfumaram de *pastis* antes de vir. Em suas jaquetas de brim desgastado, compradas no *Stock Américain*, olham de cima para baixo a juventude vestida de Chevignon. Riem quando veem no meu capote o açúcar de confeiteiro de meus filhós, que eles mastigam medindo os "babacas" e as "galinhas" do liceu clássico.

Um apache assume o controle da situação: "A gente podia fazer eles experimentarem os teus bolinhos." Tenta a abordagem de uma garota de cabelos castanhos, que está dançando sozinha. Ela fica surpresa, como se um urso lhe oferecesse um pote de mel. Saboreia e sorri. E aqui estamos nós, metaleiros valentões, cercados de uma nuvem de sorrisos dourados. A luta de classes fica para outra noite. A gente se libera ao som de *Smoke on the Water*, do Deep Purple; a gente se aproxima ao som de *Stairway to Heaven*, do Led Zeppelin; a gente se abraça ao som de *Hotel California*, dos Eagles.

Estou sentado num degrau da escada, ao lado de um grandalhão que me conta sua primeira dor de cotovelo, tomando sem parar *pastis* espessos como flans. Enrola um baseado molhado que ele tem enorme

---

13. Ideal-tipo do jovem criminoso ou transviado, sobretudo parisiense, que age com violência e brutalidade. [N.T.]

dificuldade de fumar. Diz que "até que gosta de mim" apesar de eu ser motivo de riso na oficina. Adivinho que o campanário soa 23 horas. Digo-me que, dentro de uma hora, estarei na cama, depois de beber três cervejas e ficar de ouvidos zumbindo com a artilharia da música que arromba os defletores dos alto-falantes. Só penso no meu patê. Antes de me deitar, talvez dê uma volta pela cozinha para experimentar a primeira fatia. Uma juba de leão agita-se diante de meus olhos afogados pelas luzes multicoloridas. A juba se abre sobre um par de esmeraldas risonhas. Seu nome é Corinne. É a irmã do grandalhão. Passa uma mão afetuosa pela grenha do irmão, que pega no sono com os braços cruzados sobre os joelhos. Ela diz que ele lhe falou de mim, de minhas dissertações e de minhas trufas de chocolate, que eles comem nas aulas de matemática. Enrubesço. Sting está cantando *I'll send an SOS to the world*. Ela quer me fazer dançar. Balbucio: "Não sei." Quando ela me diz: "Não faz mal, eu ensino", é uma espécie de promessa. Tenho dezessete anos, mas não há dúvida: é a mulher da minha vida.

Contemplo o relógio do campanário. Faltam vinte para a meia-noite. Estamos sentados sob o telheiro do mercado. Ela não pegou minha mão de fato. Ela veio entrelaçar suavemente seus dedos nos meus. Não ouso me mexer. A palpitação arromba minha caixa torácica. Sei que ela sabe que é minha primeira vez. Ela sopra a mecha de cabelos que lhe cai sobre a fronte, aproximando-se. Nunca beijei uma moça. Ela se encarrega disso. Seus lábios são açucarados como meus filhós. Levito acima do campanário. Tenho medo de abrir os olhos. Soa meia-noite. Ela empurra com força seu ciclomotor para dar a partida e me diz em meio às explosões do escapamento: "Amanhã, quinze horas, na beira do rio."

Quando entro na cozinha, meu pai está limpando o fogão. Aponta para um risco traçado com giz no chão. "Feche os olhos e siga até tocar a parede." Ando com empenho de equilibrista sem me desviar da rota. Meu pai me detém: "Ótimo, não está de cara cheia."

8

Corinne não entende meus sábados entre a cozinha e os colegas de liceu. Não suporta as discussões intermináveis em bancos de falso couro surrado, em que se misturam motos, Wilhelm Reich e Frank Zappa. Sua mão aperta a minha debaixo da mesa para me dizer "vamos nessa?". O bando pisca para mim enquanto a gente dá o fora. Na minha bicicleta, agarro-me ao ombro de Corinne para ser rebocado por seu ciclomotor. Ela mora numa *villa* de um loteamento chique. Sempre me recuso a passar pela porta de entrada para ir ao quarto dela. Não que os pais me poriam no olho da rua, se me encontrassem na cama da filha. Aliás, são muito discretos. Não, é que eu gosto de brincar de gato vira-lata, fazendo exercício de barra fixa numa viga para alcançar o teto da chácara contígua à janela do quarto dela. Conheço de cor a fotografia de David Hamilton acima de sua cama. Corinne é como o perfume de lavanda de seu edredom: tranquilizadora e envolvente. De seu universo familiar emana uma quietude desconhecida. Em casa, meu pai, Nicole e Lucien me amam, mas em odores de cozinha, fumo e *pastis*.

Corinne agarra o despertador atrás de meu ombro. Reclama com meiguice porque vou voltar para casa às cinco horas da madrugada. Todo fim de semana ela repete que podemos ficar ali dormindo até mais tarde, que podemos fazer juntos os deveres de casa e que os pais dela me receberiam de bom grado à mesa. Mas para mim é inimaginável deixar você sozinho no domingo com o tique-taque do relógio, na cozinha que tem cheiro de álcool. Sozinho naquele silêncio profundo, que o ronronar das geladeiras torna mais pesado.

Naquela noite Corinne não estava no Balto. Telefonei para os pais dela, mas ninguém atendeu. Na semana anterior tínhamos brigado, quando ela me disse que meus cabelos cheiravam a gordura queimada. Respondi que não era vergonha fritar batatas, que o cheiro de gordura não era pior que a graxa. Ela disse que eu era suscetível demais, que aquilo tinha sido dito pelo meu bem. Deu-me um beijo, afirmando que me amaria mesmo que eu cheirasse a xixi de gato. Mas eu já tinha em mente partir. Quando se falava de meus cabelos, o atingido era você. Eu tinha orgulho de ser filho de um proletário que tinha amor ao fogão e pedia mais quando eu lia para ele verbetes de *Tout l'univers*. Sentia imensa alegria quando via você e Lulu montar volovãs. Admirava sua destreza na hora de eviscerar e amarrar um frango para assar. Vá explicar isso a uma moça dos bairros ricos, que só vê um par de dedos meter-se no sobrecu de uma ave. Vá lhe contar como você fazia para mim belíssimas naturezas-mortas com *cassolettes* de cristas, rins de galo e cogumelos dos bosques. Vá lhe descrever a felicidade, a cada primavera, de comer rãs douradas em *beurre noisette* com *persillade*. Vá fazê-la compartilhar o perfume forte e torrefeito do guisado de lebre.

Tenho dezoito anos e algo acaba de se romper em meu lindo amor. Então enveredo com a Honda XT 500 pela estrada de Dijon. A chuva açoita meu capacete, estou ensopado, aqueço as pernas contra o grande monocilíndrico de quatro tempos. O farol amarelo vara a escuridão, ilumina uma placa indicadora: Dijon 30 km. Vou para Dijon. Sei que mamãe está lá, que refez a vida. Pensei várias vezes nisso, em pegar a moto, ir vê-la. Hoje, estou pronto. Ouso enfim confessar a mim mesmo: sinto uma saudade terrível dela.

Dou uma grande acelerada numa curva em aclive. Estou pilotando com as tripas; o cérebro está obnubilado pelas várias doses de Picon que tomei no Balto.

Peguei a moto "emprestada" de um apache da minha classe, não tenho habilitação, mas álcool suficiente no sangue para meter a cara no guidão. Avisto no escuro o neon de um caminhão parado ao longo da estrada. Paro no estacionamento violentamente iluminado. Um caminhoneiro alemão está puxando a cortina de sua cabine. Apaga a luz do teto. Meus passos fazem ranger o cascalho encharcado. Tenho frio.

Entro no restaurante. Tenho mal e mal uns trocados no bolso do *jeans* para pagar um café grande e ter a ilusão de me tornar sóbrio. O balcão está atulhado de louça suja. O dono está sozinho e cochila. Engaveta a minha grana. Tento me interessar pelo documentário sobre animais que passa na tevê suspensa num dos cantos do bar. Já sei que não vou chegar a Dijon.

Levanto a gola de sua velha japona, que agora prefiro a meu capote. Enxugo o assento molhado com um lenço, monto na moto e dou um forte tranco no *kick* para fazê-la pegar. Quando levanto a cabeça, sou iluminado por uma lanterna. Dois policiais estão postados à minha frente. Não são hostis, parecem apenas cansados debaixo daquela chuva. Nunca acreditei na minha boa estrela com os tiras. Não tenho papéis da moto, nada de certificado de matrícula nem de seguro, ela pertence a um amigo. Também não tenho carteira de identidade. Eles me mandam subir no furgão. Ainda prefiro tomar a iniciativa: "Bom, eu bebi, mas não muito." Em todo caso, o suficiente para colorir o bafômetro.

O posto de polícia tem o cheiro do papel carbono usado nas cópias datilografadas. Antes de começar a bater à máquina de escrever, um dos dois policiais me observou que eu talvez seja maior de idade, mas tenho a maturidade de um garoto de oito anos. Desfaço-me em lágrimas quando ele me pede o número de telefone do meu pai. Eu argumento que você me cria sozinho, que desse jeito já tem muitas preocupações. O policial recua na cadeira. "Assim mesmo, vai passar umas horas com a gente, só para não chegar bêbado em casa."

A cela onde fico para curar a bebedeira consiste numa cama de madeira e um WC turco, cuja descarga é acionada de fora. Um radiador difunde um calor sufocante que reforça o cheiro de merda e vômito. Preciso retirar os cadarços dos sapatos e o cinto. Deito-me e viro-me para a parede. Àquela hora, poderia estar nos braços de Corinne, mas tenho vontade de mandar o mundo inteiro à merda. Não é birra de adolescente, não, é a raiva que mora em mim ainda agora, quando emborco uma garrafa de Jack Daniel's ou quando piso fundo na pista esquerda da rodovia. Quero berrar na cara do mundo esta solidão que não vai me abandonar nunca. Durmo cantarolando Lou Reed e sua *Lady Day*.

Você está no estacionamento do posto policial. Foi avisado pelos pais do dono da moto. Espero uma surra monumental. Daquelas que deixam marcas para o resto da vida.

Você me encara, encostado ao carro. Seus olhos azuis nunca me pareceram tão grandes, habitados por um misto de tristeza e severidade. Espero você descruzar os braços e me bater. Quero sua cólera, suas repreensões, seus insultos, suas porradas. Tudo, menos o silêncio imóvel e essa porra de capa de chumbo que cobre suas emoções desde que mamãe foi embora. Já não aguento mais esse seu luto, essa sua retidão de monge soldado que dorme perto do fogão. Não quero mais saber de sua solicitude de pai coragem, de sua comunicação sem emoção, de nossos ritos que pedalam no vazio. Gostaria que você quebrasse pratos, que incendiasse seus fogões, que caísse morto de bebedeira no chão da cozinha com Lucien, seu irmão de túmulo. Gostaria que você finalmente largasse de mão, que parasse de perscrutar o nada à espera do pior. Sua guerra acabou, papai. Autorize-se a me dar uma surra memorável, a me quebrar a cara, se tiver vontade. Bata em mim, cuspa na minha cara, mas, porra, diga alguma coisa, em vez de pôr tudo debaixo do tapete com os fantasmas, como de costume. Quero que você me dê a maior surra da minha vida.

Você me examina da cabeça aos pés, como um desconhecido. Já não sou filho de ninguém. Com um aceno, me manda subir no carro. Dirige com gestos de autômato. Para na frente da florista da Grand-Rue. Estende-me uma nota de cinquenta francos: "É só dizer a ela que é o de sempre."

A florista me vê chegar, olha para você com ar interrogador. Monta um buquê de rosas brancas com folhagem. Eu vou segurando o buquê. Você dirige, sempre em silêncio. Entramos numa avenida que conheço bem. Pego aquele caminho com frequência para chegar à pista em que fazemos motocross. Pouco antes da colina, fica o cemitério da cidade. Dois ciprestes enquadram sua entrada. Um vento norte inclemente engolfa-se por ela. Nunca vi aquele lugar sem aquele vento. Duas aleias em cruz percorrem o cemitério. Você vai andando na frente, ereto. Abrigo as rosas com meus braços, para protegê-las do vento. Passamos diante de um canteiro de relva, com simples cruzes pretas plantadas e restos de flores secas. Ao lado, há túmulos de crianças. Aspiro o ar fresco; a ressaca e a emoção fazem minha cabeça girar. Vacilo entre dois jazigos, roço um pequeno buxeiro, você para de andar. Vejo primeiro uma laje de mármore bege com veios vermelhos. Percorro a pedra com o olhar, até um sobrenome, o nome de uma mulher e duas datas, uma delas a de meu nascimento. Fico hipnotizado pelo brilho dos números e das letras de ouro. Você sussurra: "Era sua mãe, aquela que o pôs no mundo. Morreu no parto."

Você deposita o buquê de rosas. Pega minha mão. Ajoelha-se. Tira a faca e corta os talos das flores. Arruma-as num vaso cheio de água de chuva. Cavouca o cascalho diante do túmulo e coloca o vaso. Inclina-se devagar sobre o mármore e o beija. Sinto que meus olhos se enchem de lágrimas. Você me pega pelos ombros.

— Conheci sua mãe... biológica quando era aprendiz. Tinha sido colocada como vendedora na padaria. Éramos farinha do mesmo saco. Não tínhamos vínculos. Ela havia sido criada por religiosas, eu tinha sido ajudante numa fazenda onde chamava o homem e a mulher de "tio" e "tia". Logo começamos a sair juntos. Aprendemos a nos amar, éramos os dois selvagens e desconfiados. O dia de folga nós passávamos lá onde o levo aos domingos. Mas éramos discretos porque os patrões não tinham a menor indulgência. Não podiam descobrir que a vendedora dormia com o aprendiz. Ela seria levada de volta imediatamente para as freiras, e eu decerto seria mandado embora. Só o velho padeiro sabia. Quebrava nosso galho emprestando-nos seu pequeno alojamento perto da igreja. Dava-nos as chaves, dizendo: "Vão em frente, jovens, esse tipo de encontro não acontece duas vezes." Quando fui convocado para ir à Argélia, decidimos que na volta nos casaríamos. Queríamos ter filhos. Mas você chegou mais depressa que o previsto. Foi concebido durante uma licença minha. Sua mãe estava para dar à luz quando voltei.

— Por que ela morreu?
— Disseram que de hemorragia.
— Por que não eu?
— Fizeram de tudo para salvar os dois, mas ela não sobreviveu.
— A mãe morre, o filho vive, isso é maktub?

Você engole em seco e traça uma cruz no cascalho com a faca. Eu estouro.

— Você me deixa puto. Todas essas mentiras, hein... A descoberta do Relais Fleuri com Lucien, tudo papo?

— Foi sua mãe que achou o Relais Fleuri. Eu morria de medo de assumir um comércio, fregueses, empréstimos... mas ela era tão... tão viva.

— E por que você nunca me disse a verdade?

Você suspira, procura os Gitanes no bolso. Acende um e murmura as palavras que ainda hoje me parecem inacreditáveis: "Eu lhe peço perdão."

Ando de lá para cá diante do túmulo. Eu queria afundar a XT 500 nas torres e na decoração. Volto-me. Você está de dar dó, curvado, um velhinho.

— E ma... E Hélène em tudo isso?
— Hélène.

Você inspira profundamente.

— Hélène era Hélène.
— Ela pelo menos não está morta também?
— Não.

TERCEIRA PARTE

1

— Meu pai lhe falou da minha mãe biológica?

Gaby não parece nem um pouco espantado com minha pergunta.

— Nunca.

— E Hélène, você conheceu?

— Um pouco, mas, você sabe, seu pai era só trabalho, trabalho, que ficava difícil vê-los, ver vocês todos juntos.

Gaby me espreita disfarçadamente, alisando o cigarro com jeito de quem diz: "Vamos, em frente, garoto, faça mais perguntas."

— E como era Hélène?

— Bonita, muito bonita. Ela tinha um tchã, como se diz. Imagine só, professora de francês como era. Mas nunca exibia conhecimentos com os moleirões como nós. E era louca por seu pai, apesar de tudo.

— E comigo?

Gaby dá uma pausa, pesa o que vai dizer:

— Era como uma mãe com o filhinho.

— Então por que foi embora?

— Ninguém sabe. Só seu pai.

— Por que ele nunca disse nada?

— Porque os homens não falam. Em geral. A única coisa que sei é que ela disse a seu pai antes de ir embora: "Você nunca mais vai ouvir falar de mim."

Levanto-me de um salto. Dou uma cabeçada com todas as minhas forças contra um carvalho. Afundo as unhas na cortiça até arrancar sangue. Dou meia-volta para pegar a faca. Quero cortar os pulsos com um golpe seco, como cortaria as patas de um frango. Vejo as rosas sobre o mármore do túmulo, o cabelo de mamãe Hélène acariciando meu rosto quando vou acordá-la. Vejo meu pai morto de cansaço polindo a cozinha no silêncio da noite. Quero morrer. Gaby arranca a faca da minha mão. Agarro uma pedra e com ela corto meu próprio supercílio. O sangue escorre. Enxergo tudo vermelho, o líquido insulso me chega aos lábios. Gaby agarra-me pelas pernas e me derruba. Ele, que viu homens em chamas saindo da torreta de tanques de guerra, que viu outros morrendo em silêncio, segurando o ventre dilacerado pela metralha, que viu alguns deles amarelos, cinzentos, quando estavam congelados havia vários dias debaixo da jaqueta que parecia de papelão; ele que conheceu todas as cores do sangue derramado na neve, vermelho vivo, preto, grená, que conhecia a coronha dos fuzis, as grevas dos soldados, ele me põe sentado com a cabeça sobre seu ombro e tira o lenço para enxugar minha testa. Estou chorando. A mão direita dele envolve a minha. É quente e calosa.

— Por que quer se punir, garoto? Não acha que já teve seu quinhão?
Dou de ombros.
— Você não é burro. Não é aleijado. Só em tecnologia.
Está gozando.
— Amanhã tira o diploma do *bac*. Tem uma vida inteira pela frente. E, pode acreditar, a vida passa rápido. Não estrague a vida, não, garoto, faça o que você quer, não o que os outros querem. Simplesmente precisa ter jogo de cintura com seu pai. Você sabe, ele também apanhou muito em todas essas histórias. Com toda essa nossa besteira, não colhemos alho-selvagem. A gente precisa encontrá-lo para o jantar. Você sabe fazer ovo *poché*?

Claro que sei fazer ovo *poché*.

Depois disso, não volto a falar da minha mãe. Mas estou apaziguado. Estudo para o exame do *bac* na casa de Gaby e Maria. Ela me acorda às 5h30 com uma carícia na bochecha. "Em pé, cambada." Ouço seus chinelos se arrastarem até o fogão. Apesar de ser maio, as manhãs são fresquinhas. Ela acende o fogo. Enche a chaleira. Abro os olhos e me viro. Faço as contas: restam-me quatro semanas antes do exame. Foi

Gaby que teve a ideia de me trazer para estudar na casa deles. Antes de partir, você e eu fomos levar flores ao cemitério. Você segurou meu braço: "Tenho certeza de que ela vela por você."

A chaleira canta sobre o fogão em meio ao cheiro de café. Eu me visto e calço minhas botinas Pataugas. Abro a porta para uma manhã de geada. Dou a volta na casa e me posto sempre no mesmo lugar, de frente para a floresta, para mijar. Miro um tufo de rúmex com o jato amarelo. Um gato se esfrega em minhas pernas, voltando de seu giro noturno. De vez em quando traz entre os dentes um passarinho, um camundongo. Sento-me a uma extremidade da mesa. Maria colocou uma tigela de café, duas fatias de pão torrado, manteiga e suas geleias. Contemplo meus cadernos e meus livros reunidos na outra extremidade, onde sempre impera um gato. Também trouxe o primeiro livro de receitas que comprei: *A cozinha de Paul Bocuse*. No Relais Fleuri, ele fica escondido debaixo da minha cama. Sei de sua aversão por tudo o que se pareça com uma receita escrita. À noite, mergulho nas cavalinhas em vinagre de vinho branco, nos ovos à *beaujolaise* e no bolo marmorizado de chocolate. Na casa de Maria e Gaby, o livro fica bem à vista, na mesa, com o risco de eu estudar mais a receita do salsichão quente do que a teoria das probabilidades ou as técnicas de usinagem. Eu me esmero a reler aulas de que não entendo nada, com a esperança de não ser arguido sobre elas no dia do exame. Sou imbatível no bechamel, mas incapaz de explicar a técnica de brochamento.

Depois do café na cama com Maria, Gaby se instala à minha frente para o almoço. Ele montou um cronograma quase militar para mim. Estudo das seis às dez horas, das treze às dezesseis horas e uma hora depois do jantar. Entre esses períodos, fico à disposição dele e tenho o direito de ir para a cozinha. Ontem à tarde, matamos um coelho. Nunca vi ninguém abater um animal como ele. É ao mesmo tempo metódico e afetuoso. Quando tira o coelho da coelheira, acaricia-o, murmurando seu nome. Todos são batizados. Aquele se chama Trótski. Há também o galo Bakunin e um pato Jaurès. O panteão dos grandes animais é a caçarola. "Não foi ruim a vida com a gente, hein, capim e feno de qualidade, sem contar as gamelas de ração de legumes no inverno", enumera Gaby, enquanto tira do casaco o rolo de freixo com o qual desfalece Trótski. Suspende o coelho pelas duas patas de trás e o sangra. Um filete de sangue escorre para a tigela. Gabriel continua repetindo: "Ah, a gente é bem pouca coisa, afinal." Depois de escorchar o coelho, deposita-o num prato e o cobre com um pano. "Aqui jaz o camarada Trótski", declara Gaby, levando-o para Maria, que solta um gritinho. Ela o xinga em russo. Ele a pega pela cintura, que é fina, e a cobre de beijinhos. Maria também fala russo quando eles fazem amor. Quando perguntei a Gaby, na floresta, por que não tinham filhos, ele parou de afiar a corrente da motosserra: "Por causa de tudo o que Maria sofreu." Estremeci quando ele puxou com raiva o cordão da partida.

Maria me acalenta com o olhar.

— Quer ajuda?

Aceno um não. Estou confeccionando um ramo de cheiros com louro, tomilho, alho-poró e um galhinho de levístico. Corto uma bela fatia de toucinho.

— Você tem uma *berceuse*, Maria?

— Uma o quê? — responde ela, espantada.

— Uma *berceuse*.

Gabriel ri muito:

— Ah, você sabe, a *berceuse* que você canta quando está cozinhando.

Maria percebe que estamos gozando.

— Vão se foder — solta.

Gaby tira um picador curvo munido de dois cabos e faz um movimento de acalanto.

— É isto, um picador.

Maria faz de conta que nos dá uma bronca:

— Vocês não podiam dizer simplesmente "picador"? Vocês, franceses, precisam sempre complicar as coisas.

Gabriel esfrega a pedra de afiar algumas vezes na lâmina. Sempre diz: "Em qualquer profissão, já é bom operário quem sabe afiar suas ferramentas." Em seu Renault 4, tem uma pá de bico, cortante como navalha. Li que, durante a guerra, ela era usada como arma nos combates corpo a corpo.

Na tábua, pico o fígado, os pulmões e o coração do coelho com salsinha e alho. Misturo tudo numa tigela com um cálice da bagaceira de Gaby. Ela tem o gosto de amêndoas dos caroços de abrunhos que vamos colher depois dos primeiros gelos. São necessários vários baldes de abrunhos para fazer um litro de aguardente. Gaby destila tudo o que cresce ao redor de sua casa: maçãs, peras, flores de sabugueiro, ginjas. Toda manhã ele bebe sua "gota", como diz, no fundo morno do segundo café. Também fabrica vinagre com restos de vinho velho. Despejo um fio na tigela que contém o sangue fresco do coelho... Gaby me dá uma cotovelada enquanto mexo a carne.

— Topa? — pergunta, apontando uma garrafa empoeirada.

Um Aloxe-Corton, primeira safra 1972.

— Não é um pouco demais para um guisado?

Gaby me cochicha:

— Pus o nível de exigência lá em cima, você não tem interesse em falhar.

Ponho o vinho para aquecer. Salpico com farinha os pedaços de coelho e os empano. Acrescento água quente para dar liga a tudo. Despejo o vinho fervente, o ramo de cheiros e alho com casca. Deslizo a caçarola para um canto do fogão para deixar o guisado cozinhar devagar. "Aí não, vai depressa demais", aconselha Maria. Ela é como você, conhece de olhos fechados as temperaturas de seu fogão. Quantas vezes você me fez apalpar o ferro fundido para localizar o lugar em que se punha algo a ferver ou, ao contrário, a cozer em fogo muito brando!

Na aldeia, todo mundo sabe que Lulu gosta de homens. Quando Gaby voltou da guerra, ficou sabendo que o pai lhe dera uma surra. Lulu tinha sido surpreendido em companhia de um rapaz num bosque. A mãe deles suplicara a Gaby que não fosse falar com o pai. Este estava arrancando um pé de batatas no pomar. Gaby postou-se diante dele. Estava com seu olhar de soldado. "Lucien é meu irmão. Se levantar de novo a mão para ele, vai se ver comigo. Mesmo sendo meu pai, eu te arrebento." Os olhos do velho velaram-se. Temia aquele filho a quem a guerra dera mais liberdade de expressão e autoridade. "É uma bicha debaixo do meu teto", sussurrou o pai. "E daí? Queria que ele tivesse acabado em Auschwitz?" O pai baixou a cabeça sobre suas batatas.

Retiro os pedaços de coelho da caçarola, filtro o suco e o devolvo ao fogo, acrescentando a mistura de fígado, pulmão, coração. Mexo com delicadeza, avalio a textura do molho. Gaby embebe um pedaço de pão e experimenta, com os olhos semicerrados. "É o menino Jesus com cueca de veludo"[14], decreta.

Ouço você dizendo: "*Saucier* é a mais bela função da cozinha." Havia magia quando eu, criança, via você fazer *bisque* de lagostins. Os crustáceos ficavam de um vermelho vivo na caçarola, enquanto eu me esfalfava cortando em pedacinhos os legumes que iam ser acrescentados. Você esmagava tudo com sanha, usando um rolo de confeitaria, que funcionava como pilão. Tomates, vinho branco, cravos-da-índia, bagas de zimbro e grãos de pimenta-do-reino coloriam a mistura que você esquecia durante três horas em fogo brando a um canto do fogão. A *bisque* virava um suco espesso que você filtrava no funil coador. Evidentemente, era preciso acrescentar creme de leite. Você me mandava experimentar aquela bruxaria. Hoje, eu também estou orgulhoso do meu guisado quando vejo o contentamento de Maria e Gaby. Sei que, se telefonar para lhe contar, você vai logo falar dos meus estudos. Entre nós, não requentamos assuntos desagradáveis; nós os enterramos. Interiorizei isso a tal ponto que fui pego completamente desprevenido quando, em classe, nosso professor principal me perguntou o que pretendia fazer depois do *bac*. Abstinha-me de dizer cozinha, porque tinha medo de que você ficasse sabendo. Também nem pensar em encarar uma escola de engenharia, tendo em vista minha nulidade nas matérias técnicas. Eu me sentia tão vulnerável que tentei uma última provocação: "Vou fazer tudo, menos o que tentei aprender aqui." Meus colegas rachavam de rir em suas carteiras.

Se eu lhe tivesse contado essa cena, você teria subido nas tamancas e dito mil vezes: "Isso não se faz." Gaby, por outro lado, disse que eu sou

---

14. Trata-se de uma expressão francesa comum, para descrever um bom prato ou uma boa bebida. [N.T.]

atirado. Enquanto estudo, ele folheia os livros do curso, com um gato ao lado. Não sabe nada de química, mas me pede para ler as definições. Em compensação, é muito mais entendido que eu em construção mecânica, sem nunca a ter estudado. Pela simples leitura de um desenho, visualiza o funcionamento de uma embreagem. "Mas é simples", repete. "Essa coisa toda é só uma questão de bom senso." Quando pressente que tudo fica confuso para mim, diz que devo "enrolar a bandeira" e ir tomar ar. Manda-me calçar as botas, pois vamos atravessar uns brejos para colher alho-selvagem.

Nessa tarde, o céu desaba em aguaceiros curtos. Entre duas pancadas, o azul do firmamento se encarneira com nuvens grossas. Gaby estacionou o Renault 4 num antigo areal orlado de giestas. Para ultrapassá-las, percorre-se um bosque de bétulas prateadas e faias. Gaby não gosta das trilhas batidas. Leva-me para o meio de uma terra de ninguém pelos caminhos em que ele não se perde jamais. Atravessamos uma vasta clareira, depois uma sucessão de bocainas, onde a água aflora sob as folhas mortas. Gaby se detém numa saliência coberta de urzes que encima um pequeno vale por onde correm regatos entrelaçados. Nós os atravessamos pulando sobre torrões de botões-de-ouro e de seixos. Arrisco: "Você sabe aonde a gente está indo?" Gaby prossegue em seu caminho sem se voltar, respondendo: "O que você acha?" Andamos ao longo de um riacho que vai engrossando quando se avista o verde claro de uma pastagem à beira do bosque. Gaby abaixa uma cerca de arame farpado para eu pular. Caminhamos em meio ao capim-gomoso. Não é de fato um prado, apesar da presença de novilhas que se afastam quando nos veem. Também não é uma clareira, apesar dos altos troncos de carvalhos que se erguem em forma de buquê. À sombra das grandes árvores, há um celeiro para o qual nos dirigimos. Está parcialmente em ruínas. Um pedaço do teto desabou sobre aquilo que devia ser um feneiro. Sentamo-nos num lintel de pedra em que está gravado o número 1802.

— É a data da construção — explica Gaby.

Acrescento:

— Também a do nascimento de Victor Hugo.

Ele me dá um tapa no ombro.
— Anarquista como nós, hein?
— Puxa, só quem conhece chega aqui.
— Mais ou menos, mas é disso que eu gosto. Esse celeiro foi muito útil durante a guerra. Era um local de encontro para os resistentes do pedaço.
— Não era vigiado pelos alemães?
— Nem tanto. Havia sempre quem viesse aqui como batedor para se certificar de que o lugar estava seguro quando a gente precisava se encontrar. Além disso, no fim, os alemães tinham trabalho demais na cidade para dar as caras aqui.

Corto um pedaço de aveleira e o finco no chão como uma flecha.
— Parece que você prefere produzir serragem a usinar ferro, hein?

Dou risada. Gaby me fixa, mergulhado em pensamentos, enquanto descasco outro galho.
— Continua querendo ser cozinheiro?

Aperto os lábios em sinal de assentimento.
— E vai ser obrigado a fazer um curso, apesar de tudo o que já sabe?
— Preciso me aperfeiçoar. Posso fazer isso num curso ou com um patrão. Mas vai ser sempre a mesma treta com meu pai.

Gaby se concentra enquanto enrola um cigarro.
— Você perguntou a ele?
— Não, mas sei.
— Menino, você precisa ser esperto. Depois do *bac*, não bata de frente com seu pai. Faça a matrícula em algum lugar *pro forma*, para ele acreditar que você um dia vai ser professor. E depois encontre um bom dono de restaurante para aprender mais de cozinha. Você vai ver, vai dar certo.

Ocorre alguma coisa no meio daquelas pedras amornadas pela primavera. É como se aquele homem de cara astuta estivesse direcionando minha vida. Naquela tarde, nós dois conversamos mais do que eu com meu pai aos domingos, à beira do rio da minha infância. Gaby pega da minha mão o cigarro que estou tentando enrolar.
— Pare com esse rojão, deixa comigo.

2

Você é o mais generoso dos pais quando toda a juventude aparece para festejar o sucesso. Troco o casco da chopeira que esvaziou num piscar de olhos, encho copos e copos de *Blanc Limé*. Você decide encher o grande caldeirão de batatas e as cozinha com casca para servir com todos os queijos disponíveis na despensa. A gente bebe, come, se empanturra, flerta, xinga, bebe de novo. E você mandando ver na cozinha, com um Gitanes fumegante na borda do fogão. Monta taças de sorvete com suas telhas de amêndoas. Lulu, que vem tomar um copo grande de água gelada no bar, me diz: "Seu pai está louco, nunca o vi assim." Bebe-se à saúde do Relais Fleuri até no pátio da estação, com os ferroviários. Até os professores e os policiais participam. Para eles, você estourou champanhe.

Corinne está a uma das mesas do terraço com outros que ganharam conceito *ótimo*, como ela. No próximo ano escolar, vai para o curso superior de matemática no Lycée du Parc, em Lyon. O mesmo vale para os colegas, com os quais está discutindo. Eu lhes ofereço uma taça de champanhe. Cumpro meu papel de garçom, servindo a juventude dourada. Estou felicíssimo com minha posição. Como diria Gaby, "peidei mais alto que o cu" com Corinne. Vejo-a como uma boneca de porcelana, perguntando-me como minhas mãos de proleta puderam tocá-la. Descubro que os sentimentos podem fugir na ponta dos pés, sem partir o coração. E, acessoriamente, tomo consciência de que o cérebro é o segundo sexo do homem. Corinne levanta a cabeça: "O que você vai fazer na volta às aulas?" Tenho um bocado de Picon na cachola e chupo uma garrafa de champanhe pelo gargalo. Estou morrendo de vontade de falar besteira. Meu chapa Bébert passa, está abastecido de *pastis* Ricard como um carro de combate. Vai ser politécnico, como alguns deles, mas continuará esmerilhando sua XT 500 nas curvas e comendo patê Hénaff comigo às três da madrugada. A gente se dá um beijo de língua, gritando: "A gente vai se casar e fazer um neném!"

Devem ser umas três da madrugada. Até os gerânios do terraço estão cansados. Nem por isso o Relais Fleuri se esvazia. Você está bebendo cerveja na soleira. Seu olhar perlustra o terraço. Sorri ao ver os jovens trocando beijos. Acho que está feliz. Bate palmas. "Vamos lá, atacamos a sopa de cebola." Quero ajudá-lo. "Não, fique com seus amigos." Eu o detesto.

Não me quer mais na cozinha. Para você, sou bacharel, passei para o outro lado. Sou quase um colarinho-branco. Acabou-se o avental azul do ajudante de cozinha. Terminaram os baldes de batatas para descascar, o cheiro defumado da linguiça de Morteau e de alho em meus dedos. Acabou-se a mochila cáqui da Stock Américain para ir à aula. Você é capaz de me dar pasta executiva e mocassins chiques para substituir a mochila e as botinas Clark rabiscadas com caneta Bic. Quero encher seu saco mais uma vez antes de partir para essa vida burguesa que você imagina para mim. Passo a mão nas chaves da moto de Bébert. Dou um tremendo tranco no *kick* dela e ponho o monocilíndrico para roncar. Estou para engatar a primeira quando um punho do inferno me agarra o pescoço e corta a gasolina. Reconheço os longos dedos nodosos de Lucien. Ele se posta na frente do guidão, me encara com seus olhões tristes. "Chega, Julien."

No dia seguinte, estamos todos com cara de morto-vivo, engolindo litros de Coca para melhorar a ressaca. Precisamos esvaziar os vestiários. Combinamos de queimar nossos jalecos azuis durante um churrasco gigante à beira do rio. Abro a custo a porta do meu armário, empenada de tanto ter sido forçada. Coloco o paquímetro, as chaves e a lima na mochila. Passo a mão na prateleira de cima. Há um envelope lacrado. Dentro, uma folha quadriculada, dobrada ao meio. Abro: alguém escreveu em letra de fôrma "Hélène" e um número de telefone. Releio dez vezes o nome e o número. Estou com uma dor de cabeça espantosa. Conto os algarismos, sim, é mesmo um número de telefone. Sou dominado pelo pânico. Tenho medo de perdê-lo. Apresso-me a copiá-lo em meu caderno. Fico atordoado no meio dos metaleiros que cantam batendo os pés em seus vestiários. Alguém me impinge uma revista pornográfica amarrotada. Gritam comigo quando a jogo no lixo. Sem a menor dúvida, a ressaca não me cai bem, dizem.

Desço de volta a avenida. No fim da ladeira há uma cabine telefônica, depois do cartaz publicitário. O jardineiro com quem cruzo regularmente está arrancando o mato de seu canteiro de morangos. Ele gira a cabeça. Estará imaginando que é a última vez que nos vemos? Por um segundo, tenho vontade de lhe dizer até logo, mas estou obcecado por aquela maldita cabine telefônica, cuja porta aberta é um convite. Tenho um franco. Viro e reviro a moeda no bolso da calça, tiro-a para me certificar de que é mesmo um franco. Releio o número, não sei o que fazer. Fico aterrorizado pela ideia de ouvir sua voz, de que já não me lembro. Ela se foi há quase dez anos. Sem uma palavra para mim. Há dez anos a luz se apagou. Não ligar para ela é continuar sem recurso para entender. Ligar é bater à porta de uma desconhecida que limpou minha bunda, me vestiu, alimentou e papariçou antes de sumir. O remorso me corrói o peito. Arrepio caminho. Ali adiante, debaixo do cartaz publicitário, o jardineiro se levanta e me observa. Será que fiquei tão estranho? Tiro o fone do gancho: tem cheiro de mau hálito e fumo frio. Inspiro profundamente, mas meus dedos se perdem nos algarismos quando disco o número. Ponho o fone no gancho. Acaricio um coração gravado no metal da cabine. Tiro de novo o fone do gancho, mas meu coração bate forte demais. A moeda de um franco cai. Examino-a na palma da mão. Não se trapaceia o maktub. Cara, ligo; coroa, não ligo. Lanço a moeda bem alto. Ela cai no cascalho: coroa. Não posso ficar só nisso. Preciso de um gesto mágico. Lanço de novo, ela cai com a cara para cima. Tudo empatado: dessa vez, agito a moeda na mão fechada e a faço rolar como um dado. Coroa. O maktub decidiu assim por hoje, não vou ligar.

No domingo, vamos almoçar com Maria e Gaby para festejar o diploma. Estou sentado no carro com o bolo de morangos no colo e a caçarola de *coq au vin* entre os pés. É a segunda vez que o vejo de camisa branca depois da reunião de pais e mestres. Atravessando a floresta, você fala dos brotos de samambaia que é possível comer como aspargos. Estou a ponto de lhe dizer: "Vamos experimentar?", mas mudo de ideia. Muitas vezes evitei fazer projetos em voz alta por medo de que eles não se concretizem. Mas agora não se trata de superstição. Já não consigo imaginar um futuro comum para nós, sabendo que, para você, a cozinha não fará parte dele.

Gaby e Lucien já se adiantaram no aperitivo. Brincam:

— E aí, bacharel, ainda fala com a gente?

Detesto esse jogo. Gaby acrescenta:

— Sabe o que Bocuse diz? "Tenho dois *bacs*, o de água fria e o de água quente."[15]

Maria me abraça o pescoço, me dá um beijo estalado, sinto suas lágrimas. A mãe de Gaby e de Lucien está lá:

— Meus parabéns.

Aquela velhinha encarquilhada viveu duas guerras, pegou touro pelos chifres para criar os filhos e me trata com uma formalidade que me dá engulhos. Esvazio em três goles o Pontarlier que Gaby me dá. Vou sendo tomado por um torpor desalentador. Bebo mais um, depois outro. Ninguém acha o que criticar, sou o herói da festa. Estou numa nuvem alcoólica, as vozes me chegam abafadas. Há sempre um braço que me toma pelos ombros e diz: "Que crânio"; "Você é o primeiro bacharel da família"; "Não vai mais querer falar com a gente, agora que é da alta." Maria reserva para mim os maiores cogumelos com creme que preparou; você escolhe para mim os melhores pedaços do *coq au vin*; meu copo nunca está vazio. Gaby abriu um Romanée-Conti do ano de meu nascimento, que ele arranjou por via de sua rede de

---

15. *Bac*, que até aqui tem sido usado como abreviatura de *baccalauréat*, nesta frase serve a um jogo de palavras com *bac* = cuba, recipiente. [N.T.]

ex-resistentes. No meio da algazarra, procuro incessantemente o olhar dele. Ele sabe disso e tira partido. Quando seus olhos cruzam com os meus, sorriem e dizem: "E aí, menino, é você a criança prodígio? Não está de brincadeira, hein, faz tudo como deve."

Você corta o bolo de morangos, Gaby abre a champanhe. Brinda-se. O frio e as borbulhas me reanimam. Ele me dá a deixa: "O que é que você vai fazer agora?" Os olhares estão voltados para mim: "Estudar letras." A calma da minha voz me espanta. Você está virando um morango no prato. Por mais que diga, sentencioso, "é bem meu filho", não consegue disfarçar a decepção enquanto corta mais fatias de bolo. Quer que eu seja engenheiro num estúdio de projetos industriais. Eu projetaria o trem-bala ou o Concorde, ou o novo Peugeot. Você diria orgulhoso aos fregueses: "Meu filho é engenheiro em Sochaux." Em vez disso, vou mergulhar nos livros e, quem sabe, ser professor como Hélène. Você tem o couro duro demais para que eu perceba se pensa nela, mas estou convencido de que ela ainda vive dentro de você. O que não lhe digo é que espero ser contratado como cozinheiro. Você ergue um brinde de aguardente com Gaby e Lucien e se obriga a rir. Vou me deitar no prado em frente à casa. O número de telefone de Hélène me persegue, desde que o descobri em meu armário. Anotei-o em mais um papel, que tiro da calça. Meus pensamentos caraminholam. Imaginemos que ela atenda. Será que eu lhe diria, para começar: "É Hélène que está falando?" ou "Aqui é Julien"? "Bom dia, Hélène" ou "Bom dia, mamãe"? E se ela desligasse logo depois de me ter reconhecido ou dissesse: "É engano"? Ou então haveria um longo silêncio, porque eu não ousaria falar. Ela talvez me dissesse: "Julien, há quanto tempo espero sua chamada." Haveria outro branco e depois ela suspiraria profundamente, antes de me perguntar: "O que anda fazendo?" Não, eu não gostaria que ela me falasse desse modo. "O que anda fazendo?" é uma pergunta que se faz quando se finge ter interesse por alguém. Na verdade, talvez a gente não tivesse nada para se dizer. Eu pediria desculpas com educação e sairia da cabine correndo.

3

Faz horas que estou nesse posto do correio. Dissecando a lista telefônica linha por linha, detectando os números terminados por sessenta, como o de Hélène. Visto que continuo sem me decidir a lhe telefonar, tento localizá-la na esperança de que ela não esteja fora da lista pública. O sino da escola vizinha toca. Meio-dia, o correio vai ser fechado. O homem do guichê, que me viu debruçado sobre a lista durante toda a manhã, se aproxima.

— Está decorando a lista?

Fico vermelho como um pimentão. Balbucio:

— Não, estou procurando o número de uma pessoa.

O atendente faz uma cara de quem não se deixa enganar.

— Posso ver os números que o senhor tem na mão?

Mostro-lhe o papel. Ele sorri.

— Não vale a pena procurar em Côte d'Or. Seu número fica em Doubs, provavelmente em Besançon.

Eu, que me vi desembarcando em Dijon, na pista de Hélène, agora estou dissecando os números de Besançon. Nunca imaginei que tivesse tanta paciência. Topo finalmente com o endereço correspondente ao telefone; o sobrenome não é o dela, e o nome é de homem. É como uma punhalada. Ela se casou, certamente tem filhos, enquanto tudo está imóvel em nossa casa desde que ela partiu. Meu pai não refez a vida, minha mãe biológica não escolheu morrer. Hélène nos traiu. Estou furioso com essa burguesa puta que sabia tudo melhor que os outros, que nunca pôs as mãos na gordura. Desprezo-a. Quanto a mim, vou estudar letras sem ter nascido em berço de ouro. Vou à faculdade com a jaqueta M43 que herdei de Gaby, e não com uma capa Burberry.

Você me parece digno de pena quando o encontro na cozinha. De repente tudo me parece deplorável: as toalhas de papel do salão, o cheiro de *pastis* e Gauloises, as panelas cansadas, o passo arrastado de Lucien, o chuveiro ao lado da cozinha, a bagunça do andar de cima, o permanente tingido de Nicole, que se veste como um corvo desde que André morreu num acidente de carro. E, durante esse tempo, Hélène deve estar confortavelmente instalada em sua vida de pessoa ilustre em Besançon, filhos com bermuda xadrez, tiara e golinha combinando, bridge aos domingos, bazar do Rotary Club, esqui na Suíça durante o inverno, Côte d'Azur no verão. Você interrompe meu filme:

— Ainda não se matriculou em Dijon? Está na hora, não?

— Não, vou me matricular em Besançon.

Falei sem pensar. É como se sempre tivesse vivido naquela cidade, mesmo nunca tendo posto os pés ali. Ela é familiar, quando pronuncio seu nome, mesmo só conhecendo dela as imagens da televisão regional. Vejo suas ruas sombrias, suas pedras velhas, imagino-me numa mansarda sob os tetos, com pilhas de livros como únicos móveis, uma tábua e dois cavaletes como escrivaninha, um colchão sobre um pedaço de tapete velho. E você não tem jeito de estar surpreso. Dijon, Besançon, dá tudo na mesma, meia hora de trem. Apesar disso, me pergunta:

— Por que Besançon?

Assumo ar de autossuficiência:

— Porque é a cidade natal de Victor Hugo.

Você se inclina diante de meu saber. Eu o detesto quando curva assim a espinha. Tento me convencer de que Besançon não é por causa de Hélène. Só quero entender o que aconteceu e depois a deixo em paz. Comprando um mapa da cidade no livreiro, fixei meu programa dos dias vindouros: fazer a matrícula na faculdade de letras, procurar um quarto, começar as aulas e, só depois, ir ver onde ela mora.

Estou no trem. Fumo Ajja 17 porque sou um combatente que vai se lançar sobre uma cidade desconhecida. A meu lado, está minha mochila, que você encheu com a minúcia de ex-soldado. Meu saco de dormir, roupa, um estojo de toalete e provisões para aguentar um cerco: um salame, frutas, biscoitos, duas latas de patê Olida, um bolo de limão. Fez mil recomendações, ao me entregar dois cheques assinados e dinheiro. Aconselhou-me a dobrar algumas das notas e as pôr no sapato, pois "nunca se sabe o que pode acontecer". Fez-me prometer que dormiria no hotel para o qual tinha telefonado e feito reserva para mim. Eu me pergunto como o ex-sargento das montanhas do Norte da África, celebrado por Lucien, pode ter-se transformado assim em mamãe galinha.

Quando saio da estação de Viotte, Besançon não se parece nada com o que imaginei. É uma cidade verde, aninhada entre as colinas e os meandros do Doubs. Desço a rua Battant no ar fresco de um dia de outono. Bastam-me alguns passos para adotar logo de cara aquele bairro proletário e colorido. Conversa-se em voz alta logo de manhãzinha entre cuscuzes, bares, lojas e oficinas de artesãos. Sento-me no terraço de um café. Tudo me parece magnífico, o café servido num copinho, o cheiro de frango grelhado, o cinzento das pedras velhas...

Num acesso de entusiasmo, pergunto ao garçom se sabe de algum quarto para alugar. Minha pergunta faz o giro do balcão, das casas próximas e da rua inteira. Um homem se aproxima, estende-me o punho para cumprimentar, pois sua mão está manchada de tinta branca. Ele tem um quarto para alugar no último andar, acima de sua oficina. Se quero ir ver. Estou um pouco abismado pela rapidez dos acontecimentos. Mas também pela facilidade aparente da vida, quando decido. O quarto fica no sexto andar de uma bela escada de madeira que vai se estreitando. O dono explica que é marceneiro e me trata por "você" logo de cara. "Você vai ver, é simples, mas limpo." O quarto fica num cotovelo, ao fundo de um corredor onde se situam as toaletes. Parece um pedaço de passadiço de barco, como o que vi no cinema da MJC, no filme *Le Crabe-Tambour*.[16] O espaço é justo para uma cama, em cuja extremidade há uma mesa apertada contra uma parede. É preciso pular sobre o encosto da cadeira para sentar-se à mesa. Um lavatório e um armário completam a mobília. Pela claraboia, um raio de sol acaricia a colcha florida. O lugar tem o cheiro bom da cera. Mentalmente, percorro o caminho daquele poleiro à rua. Ali me sinto livre e solitário. O dono não quer cheque, dispensa-me da caução se eu pagar em espécie. Acerto o aluguel com minhas notas. Estou em casa. Subo na cama para avistar um mar de telhas velhas pela janela. Algumas gralhas grasnam numa chaminé. Voo para a rua até a ponte Battant, onde descubro as águas pardas do Doubs. Vou zanzando pelos cais até o parque Chamars. Sento-me sob as árvores para cortar um pedaço de salame. Nunca comi assim, sozinho, encostado a um tronco, com o barulho distante dos automóveis. Não penso um só segundo em Hélène naquele cenário que, no entanto, é familiar a ela. Aproprio-me daquela cidade mastigando biscoitos.

À tarde me matriculo no curso de letras, na rua Megevand. O lugar tem cheiro de livros velhos e assoalho encerado. Tenho a cópia do diploma no bolso, uma Bic preta para preencher os formulários. Duas cervejas no bar da universidade dopam meu entusiasmo de atirador solitário. À noite, sacrifico uma moeda de cinco francos para lhe telefonar. Sim, agora sou universitário; sim, durmo no hotel, pois, você entende, não é fácil encontrar um quarto. Então não sei quando volto para casa. Sinto que você está decepcionado. Mais uma vez me recomenda que não deixe o dinheiro espalhado pelo quarto, pois "não se pode confiar em ninguém". Desligo rindo.

Sou um dos últimos a entrar no anfiteatro. Tenho vertigem no alto da escada. Sento-me ao fundo, na ponta de uma fileira. A maioria é de moças. Estou espantado, eu que saio de uma classe de metaleiros ru-

---

16. MJC = Maison des jeunes et de la culture (Casa dos Jovens e da Cultura). *Le Crabe-Tambour* é um filme de 1977, dirigido por Pierre Schoendoerffer. [N.T.]

des. Algumas têm unhas feitas. Tudo me parece refinado. O professor é um ruivo de terno e gravata. Diz bom-dia como se a gente tivesse se despedido na véspera. Abre uma pasta de couro vermelho e começa a ler a aula. Trata-se de *Le Cid,* de Corneille. Não entendo uma palavra do que ele diz em tom enfatuado. Suas frases se perdem num insuportável cicio. Sou incapaz de tomar uma nota sequer. Tenho inveja do morenão da fileira da frente, que escreve uma página após a outra. À minha esquerda, duas moças cochicham e riem. Uma delas acaricia os cabelos, indicando aquilo que ela acredita ser a peruca do professor. Eu me pergunto que porra estou fazendo ali. Penso nas grandes árvores de Chamars perdendo as folhas, nos cogumelos do outono. Vejo-me no meio dos soutos com Gaby, sob arcos de aveleiras. Ele me diria que está contente por eu ter escolhido Besançon, pois é a capital do socialismo utópico e de Charles Fourier. Narraria a greve dos relojoeiros da Lip em 1973, as lutas de Jean Josselin, pugilista proleta nascido em Besançon, campeão da França e da Europa dos pesos meio-médios nos anos 60. Quase conseguiu o título mundial em Dallas em 1966. Nós acharíamos um tapete dourado de cantarelos. Maria viria se sentar no colo de "seu homem". Eu sentiria desejo no baixo-ventre.

Ando de lá para cá com a bandeja no meio do restaurante universitário. Não ouso me sentar entre os outros estudantes. Fico girando por um bom tempo antes de encontrar uma mesa vazia. O cheiro de água sanitária e caldo industrializado me enjoa. O purê está frio, a carne, fibrosa, e o molho tem gosto de osso queimado. Acabo comendo pão seco e banana. Agora volto para meu poleiro, alimentando-me quase exclusivamente de pão redondo de cevada, comprado numa mercearia árabe da rua Battant e mergulhado num belo azeite de oliva de cor sombria. Também vou devorar fatias de pão com harissa: nada melhor que a pimenta contra o baixo moral. Em minha escrivaninha também tenho uma tigela de amêndoas, que vou catando enquanto tento decifrar *Le Cid*. Com Corneille, tenho a impressão de estar aprendendo uma língua estrangeira. Não consigo atribuir sentido, sentimentos a suas palavras. Meus chapas metaleiros, se me vissem, diriam que "estou enrabando mosca".

Numa tarde de outubro, um varapau de nariz aquilino e capa preta baixou em nosso anfiteatro. Passeou sua grenha crespa por cima das fileiras. Sentou-se à mesa e nos manteve em suspense, sem nenhuma anotação, durante duas horas. Disse que a universidade estava doente por fabricar diplomados que não faziam outra coisa além de vomitar as aulas de seus próprios professores. Avisou que, com ele, estava fora de cogitação conformar-se com aquilo, que estávamos ali para aprender a liberdade de pensar e escrever. Fiquei atônito. Tranquilizei-me dizendo que Gaby pensava como aquele homem e que também poderia ter sido, em alguma outra vida, professor de literatura comparada. Guardei dentro de *A cozinha de Paul Bocuse* a lista dos livros que ele passou para o ano: *Sonho de uma noite de verão*; *Às avessas*, de Huysmans, textos dos românticos alemães e de Fassbinder. É nosso único professor que não recomenda a leitura de seus próprios livros. Eu o comparo a você: nem caderno de receitas nem texto mimeografado, apenas o olhar e os ouvidos que nos seguem como um fio de Ariadne.

No dia de Todos os Santos, decido. É um dia de geada. Tomo um café no térreo do prédio do meu quarto. O cuscuz que está sendo feito na cozinha enche os azulejos de vapor. O dono me dá amêndoas e tâmaras, pois estou com um tremendo resfriado. O velho radiador ao pé da minha cama entregou a alma. Dormi vestido com todos os meus pulôveres. Tinha prometido a meu pai que iria para casa em 1º de novembro, mas adio sem cessar o momento de reencontrá-lo. Mudei de vida na hora em que subi no trem. Para o telefone, troquei a moeda de cinco francos por uma de um franco, pois quase não tenho o que lhe dizer. Mesmo que ainda tenha dinheiro, eu o deixo falando sozinho quando a ligação cai, interrompendo suas perguntas insuportáveis. Estou comendo? Não estou passando frio? É complicado o que você está aprendendo? Gostaria de lhe gritar: "Me larga, você não é minha mãe."

Uma multidão sombria dirige-se à missa de Todos os Santos na igreja Sainte-Madeleine. Atravesso o Doubs cheio das chuvas de outono. Raspo o fundo do bolso para comprar um pacote de fumo. Não preciso de mapa para me situar. Conheço a rua dela, apesar de ter evitado até agora passar por lá. Visualizo seu quarteirão, a padaria, o açougue, a florista que ela deve frequentar. A tabacaria onde ela talvez ainda compre *Le Monde* e seus cigarros Royale Menthol. Subo pelo empedrado luzente imaginando primeiro suas botas marrons de cano longo, depois seu casaco bege e a echarpe sobre a qual brinca a massa escura de seus cabelos. Quanto mais me aproximo do número par da rua, mais vou renteando as paredes. Tenho medo de cruzar com ela e me encosto aos portões para me refugiar na reentrância, caso ela apareça.

No endereço dela, há um portal fechado e muros altos cobertos por hera-da-china. Recuo para calcular a medida da fachada e deduzo que deve se tratar de um daqueles palacetes aninhados na velha Besançon. Tento empurrar a porta, mas ela está fechada. No batente, há uma fileira de campainhas de bronze em que aparece o nome da lista telefônica. Encosto o dedo no botão, mesmo sabendo que não vou apertá-lo. Decido dar uma volta no quarteirão, sento-me na escada do coreto da praça Granvelle. Um sol pálido embranquece as árvores desnudadas. Tiro do bolso *Os desvios do coração e do espírito*, de Crébillon filho, e tento ler. Gesto mágico, como sempre, estipulo dez páginas para voltar ao portal dela. Uma voz de criança me sobressalta. E se ela viesse passear com o filho aqui? Vou correndo me abrigar atrás de um tronco. Por mim passa uma menina seguida por uma jovem loira. Soam onze horas numa igreja, termino um capítulo de Crébillon. Aperto os punhos nos bolsos, ando com passos largos. O portal aberto dá para um pátio pavimentado e ornado de buxos cortados em vasos. Janelas altas desfilam pelas três alas do prédio. Um sedã alemão está estacionado diante da entrada principal.

Entro no pátio com um misto de furor e apreensão. Sou o paraquedista de *O mais longo dos dias* saltando sobre a Normandia, em 6 de junho de 1944. Só posso sair de lá vitorioso ou derrotado. Planto-me bem ereto no meio do pátio. Poderia gritar, mas me digo que o maktub está no comando. Fixo a bela porta esculpida em carvalho. Imagino. Ela se abre, Hélène põe a cabeça para fora, franze os olhos: "É você, Julien?" Sorri e diz: "Venha." Eu não saio do lugar. Ela se aproxima, reconheço seu perfume, ela me abraça. Vitória. Derrota é a porta se entreabrir, ela ou um desconhecido me dizer: "O que deseja, moço?" Eu me cago de medo e, sussurrando uma mentira, dou meia-volta.

Soa meio-dia no campanário. Perscruto as janelas e as cortinas. Nada se mexe. Até começar a descida de passos e ecos de vozes por uma escada. Arrepio caminho e me escondo na esquina. Ouço o motor do sedã aquecendo-se e portas batendo. Distingo o motorista, um homem de rosto fino e óculos dourados. Avisto uma sombra ao lado dele, a chama de um isqueiro e, atrás, duas crianças. Saio andando. Nem vitória nem derrota.

4

"*Foie gras*, vagens" para a mesa quatro. Arrumo minuciosamente as vagens no prato, acrescento folhas de salsinha e deposito o prato diante do *sous-chef*, que está passando o *foie gras* na frigideira. Volto a meu posto para preparar rabanetes e recebo um empurrão nas costas. O *sous-chef* me entrega o prato. Ele tem um tufo de pelos debaixo do nariz que lhe confere um ar arrogante. "Foi assim que o ensinaram a cortar vagens?" Minhas mãos se imobilizam na água gelada em que lavo os rabanetes. Mais um empurrão: "Isso aqui não é a tua baiuca de caipiras, aqui a gente cozinha, não dá comida a bezerros." O conteúdo do prato voa até a lixeira. Ele articula as palavras bem perto da minha orelha: "Vagem se corta no sentido do comprimento, e é pra já, senão te explodo." Puxo a tábua de cortar para a minha frente e corto um punhado de vagens, uma a uma. Ouço o *sous-chef* resmungando com o *chef*: "Isso aí sai de um buraco do cu do mundo e quer brincar com gente grande."

O *chef* não diz nada. Está longe, como sempre. Quando me recrutou como extra, só perguntou: "Tem certeza de que essa é a profissão que quer?" Não contei que era estudante. Fiquei intimidado com a decoração, os assentos de veludo vermelho, a carpintaria escura, o mármore e a infinidade de espelhos. Ele me estendeu uma mão mole, nossa conversa o enfastiava. Não olhou para mim, vigiava a arrumação do salão. Era a primeira vez que eu via um garçom passar uma toalha a ferro sobre uma mesa. Um outro polia os talheres com vinagre branco. O *chef* também olhava as próprias unhas enquanto me falava da nova cozinha, dos molhos com poucas calorias, preparo na hora de servir, hortaliças no prato tal como eram na horta.

Não tira da boca o Gault & Millau. O guia lhe deu uma boa nota no ano passado. Michelin é outra coisa, é sua obsessão oculta; é tabu falar dele na cozinha. Desde que passou a esperar sua estrela, o *chef* teme e abomina o guia vermelho. Basta que apareça um cliente desconhecido, com ar atento, para que comece o alvoroço. O *chef* quer ver tudo, controlar tudo. Põe pessoalmente a entrada no prato, enche de perguntas o *maître d'hôtel* que cuida daquela mesa VIP. O homem leu demoradamente o cardápio? Pediu explicações? Hesitou entre os pratos? Por que optou pelo menu exposto, em vez do menu *gourmand*? Explicaram-lhe a carta de vinhos? Qual ele escolheu na taça? Às vezes, escondido no canto do bar, o *chef* espia o intruso. Acha que já o viu. Ou não. Pede a opinião dos garçons, que já não sabem conforme qual valsa dançar. Na cozinha, cuida-se bem do suposto inspetor. Ele pediu uma "posta de sander assada, no caldo de carne"? Que o *sous-chef* inspecione o pedaço de peixe, de pinça na mão, em busca de uma eventual espinha. Também é preciso refazer o corte de um limão cujos gomos não sejam considerados suficientemente regulares. O *chef* verifica cem vezes o cozimento de seus medalhões de filé-mignon. Grita com um aprendiz que deixou um pedaço de pele numa fava. O *maître* vem fazer o relatório. Precisa descrever a cara do cliente diante de seu prato, se deixou alguma coisa, se fez algum comentário. Lembraram a ele que tudo é feito em casa, claro? Que o restaurante é conhecido por seu *nougat glacé, coulis de framboise*? Não? Ele preferiu a salada de frutas? Coisa estranha para um crítico gastronômico. "E não se esqueçam de acrescentar uns *macarons* à sobremesa. Vou dar uma volta pelo salão e, com cara de quem não quer nada, vou cumprimentá-lo", avisa o *chef*. Troca de avental e de sapatos. Entra em cena, conversa com os *habitués*, manda servir dois aperitivos a quem está esperando mesa e avança para o cliente misterioso conversando vivamente com o *maître d'hôtel* cabisbaixo: "Muito bem, *chef*, estava dizendo a esse senhor que voltarei ao seu estabelecimento no meu próximo encontro com o prefeito." Daquele corpo não sairá nenhum boneco Michelin. "Falhou de novo", cochicha um garçom aprendiz a um colega na cozinha.

O *chef* e seu *sous-chef* nos fazem pagar caro um dia como esse. Folga da tarde, melhor esquecer. Ficamos descascando e preparando montanhas de tupinambores, limpando espinafres, pelando tomates, cozinhando bases e caldos. O *sous-chef* aproveita qualquer pretexto para dar bronca nos aprendizes, com muitos socos nos braços e puxões de orelhas. Os garotos ficam esgotados, desnutridos. Não há refeição de verdade para o pessoal. Come-se o que já não é servido nas mesas, no limite do comestível. Tenho fome. Uma noite, belisco um prato que voltou quase intocado. O *sous-chef* me chama de bicão em voz alta. Não protesto. O cansaço vence a coragem. Quero acabar o mais depressa possível, pois, chegando em casa, ainda preciso mergulhar nos livros. Mas o expediente se eterniza. Daqui a pouco, ainda vai ser preciso ouvir o *chef* passar sermão nos aprendizes que estão caindo de sono. Vai lhes lembrar que é um "privilégio estar alimentado e alojado". Na realidade, não têm o que comer e dormem num buraco de rato debaixo do telhado. Vi um deles chorando várias vezes. Numa segunda-feira de manhã, não voltou. "De qualquer modo, não era feito para essa profissão", disse o *chef*.

Ora o *sous-chef* me parece um sádico autêntico, ora não consigo ter uma ideia precisa sobre ele. Certa manhã, quando eu estava pelejando para preparar uma costela de cordeiro, ele chegou com a faca de desossar e me mostrou como soltar a carne no alto das costelas para deixá-las aparentes. Contou-me então que, quando tinha catorze anos, havia trabalhado num abatedouro dos Vosges, antes de começar a ser aprendiz de cozinha. Olhando-o raspar os ossos das costelas de cordeiro até ficarem brancos, para evitar que se colorissem no cozimento, entendi a obsessão doentia que ele tinha pela perfeição, o que o encerrava numa vida sem mulher e filhos, em que só lhe importava o trabalho. Os outros não contavam.

Você é como ele. Muitas vezes me perguntei se Hélène não teria ido embora por estar cheia de ver você o tempo todo metido nas panelas.

Da cabine telefônica à sua porta, não foi por acaso que deixei de entrar em contato com ela. Tenho medo demais de ouvir palavras que acabariam com você. No entanto, não a imagino fazendo-lhe acusações. Fatos, apenas fatos, poderiam ser suficientes. Lembro-me do que Gaby dizia: "E era louca por seu pai, apesar de tudo."

Quando não estou na frente dos fogões, esforço-me para não perder de vista as aulas na rua Megevand. Às vezes entro no anfiteatro recém-saído da cozinha. "Por acaso não está cheirando a comida?", diz meu vizinho. Sorrio, pensando na observação de Corinne. Desisti definitivamente de entender Corneille, mas não perco as aulas de literatura comparada. O sujeito de cabelo encaracolado, com seu nariz de passarinho, compreendeu que eu não era do tipo de frequentar as festas da medicina ou do direito.

— O que faz com as mãos? — perguntou-me ele um dia, quando me queimei.

Respondi que aquilo tinha acontecido enquanto eu mexia em minha moto, que eu não tinha, claro.

— Que marca prefere?

— Eu, Honda, a XT 500 — menti, convocando as lembranças de meus anos de liceu.

— Japonesa, então — insistiu ele. — Eu prefiro as inglesas, Norton, Triumph.

Quando não estou mentindo, estou fazendo malabarismos com as lacunas. Três anos de ensino técnico abriram um fosso abissal entre mim e o pessoal das carreiras literárias. Gosto das palavras, mas elas me escapam como as trutas que eu pescava com a mão, ao lado de Gaby. Quando não sei ou não entendo, faço de conta que afirmo. Mas às vezes o equilibrista leva um tombo. Faço uma exposição sobre Shakespeare. Estou tão à vontade como se fizesse um creme Chiboust no escuro. Menciono demoradamente a morte "fictícia" e "simbólica" de uma personagem e encerro, aliviado. O nariz de passarinho continua com sua capa preta. Parece um corvo empoleirado numa árvore no meio de um campo. Volta-se para meus colegas, perguntando:

— O que acham?

Silêncio no anfiteatro, algumas vozes murmuram: "Está bom."

— Mas eu só tenho uma pergunta — diz ele. — O senhor fala em morte fictícia, simbólica. Por que não apenas um ou outro desses qualificativos? Qual é a diferença entre os dois, em sua opinião?

Balbucio frases sem pé nem cabeça. Ele, zombeteiro, me deixa afundar, para me agarrar na última hora.

— Seria mais apropriado falar em morte fictícia, não acha?

Aceno um "sim" com a pressa de um detento que acaba de assinar seu alvará de soltura.

— Tudo bem então, estava ótimo.

Não estou acostumado a elogios. Na cozinha, ouvi com frequência que "comida a gente faz para o freguês, não para prazer próprio". Estou subindo a escada do anfiteatro. Nariz de passarinho me chama de volta:

— Não deveria desperdiçar suas habilidades. São apenas palavras, apenas papel. Tenho certeza de que o senhor estaria mais tranquilo na cozinha.

Fui pego com a boca na botija.

— Por aqui tudo se sabe. Principalmente quando alguém põe para fora as lixeiras de um restaurante.

Subimos os degraus juntos. Bem na frente da porta vaivém, ele me diz:

— Tenho muito apreço pelas pessoas que trabalham com as mãos.

Uma noite, estou dando uma ajuda aos aprendizes para arrumar seus locais de trabalho mais depressa. Fim de expediente. O *chef* saiu. O lavador de pratos acaba de esfregar o chão. É um curdo recém-desembarcado na França. Chama-se Agrîn e foi admitido naquela manhã. É pago em dinheiro vivo, por dia. O *sous-chef* reitera atos de hostilidade contra esses trabalhadores clandestinos. Uma vez, é uma frigideira que ele considera mal lavada, outra, é a louça que não está saindo depressa o suficiente. Hoje, o *sous-chef* está especialmente agressivo com o lavador de pratos, que se rebelou porque ele lhe ordenou que areasse duas vezes a mesma panela. E decidiu que faria o curdo pagar por isso. Derrama de propósito um resto de caldo de carne nos ladrilhos limpos. Gozador, afirma que foi sem querer e manda Agrîn lavar o chão de novo. O lavador de pratos diz "não" baixinho, uma das poucas palavras que conhece em francês. "Limpe, estou mandando. Senão vai pra rua!" O *sous-chef* se levanta, cata o pano de chão na água engordurada da pia e o joga aos pés do lavador de pratos, que fica petrificado. "Pegue." Agrîn cruza os braços. "Escute aqui, seu rato sujo, ou você lava essa merda ou vai levar um pé na bunda." O lavador esboça um sorriso e lhe lança o que deve ser um palavrão em curdo. O outro arremete contra ele, mal tenho tempo de me meter no meio. O *sous-chef* tropeça nos meus pés, surpreso, ainda mais furioso. "Ah, você também defende a gentalha. Me deixa passar, que eu quebro a cara dele." Atrás de mim, Agrîn está apavorado: "Não, não." "Não se mete, intelectualoide!" O *sous-chef* me chama de intelectualoide desde que me viu lendo perto do compartimento das lixeiras. Esboça uma cabeçada na direção do lavador de pratos, eu o empurro. Ele volta à carga, eu lhe dou um chute, ele escorrega nos ladrilhos molhados e me lança num grito abafado: "Você não passa de ajudantezinho de bar de putas. Como seu pai." Ouço Gaby dizendo: "Quem vence uma briga não é necessariamente o mais forte; com frequência, é o mais malvado." Pego o pano de chão e o enfio na boca do *sous-chef*. Ele agarra minhas bolas e as torce. A dor decuplica minha violência. Passo a mão numa frigideira, eu poderia esmagar a cara dele, quando sinto um punho de aço segurar meu braço. Agrîn olha para mim com espantosa doçura. "Não", diz, pousando a frigideira no fogão.

Sinto alívio quando sou mandado embora.

5

Um domingo de manhã, batem à porta do meu quarto. Estou com uma ressaca terrível. Cervejas demais com Agrîn e alguns moicanos da faculdade que beberam à saúde do PKK e da LCR. Abro-lhe a porta, sem camisa, coçando a barba. Você me encara, com um pacote de *croissants* na mão. "Preciso pegar estrada para te ver?" Bocejo para disfarçar o incômodo. "Não vai me mandar entrar?" Você é a primeira visita do meu poleiro. Estico de qualquer jeito a coberta e o convido a se sentar na minha única cadeira. "Tem café?" Aponto o pote de café solúvel ao lado da escova de dentes e abro a torneira de água quente. Você está decepcionado com minha moradia sumária. "Deveria ter me dito, eu traria uma cafeteira elétrica." Só tenho uma caneca para duas pessoas. Nós a compartilhamos, embebendo uma ponta de *croissant*. Você perscruta todos os cantos, demora-se nas pilhas de livros que atulham minha escrivaninha e em minhas anotações presas com percevejos no papel de parede.

— Você deveria ter dito, eu lhe daria mais dinheiro.

— Para quê?

— Para conseguir um lugar maior.

— Não é questão de tamanho, estou bem aqui.

— Faz como para comer?

— Eu me viro, não tenho fome.

Você não parece convencido. Abro com orgulho seu velho pote de tabaco, onde guardo minhas economias.

— Olhe, tenho bastante.

— Mas você não gasta nada do que eu deposito todos os meses?
— Eu ganho a vida fazendo bicos.
Eu não o feriria mais se tivesse lhe dado uma facada.
— Então não acabou aquela história de cozinha?
— Não é uma história, é minha vida.
E acrescento:
— Assim como os livros.
Você mergulha a cabeça entre as mãos.
— Pelo amor de Deus, quem foi que pôs na sua cabeça essa mania de merda?
— Eu sozinho, olhando você na sua profissão.
— Mas eu já disse que não era profissão.
Aponta para os livros.
— E tudo isso, para que serve?
— Para descobrir o mundo. Sei a oportunidade que você me dá, permitindo que eu estude.
— Então estude. Não perca tempo com gamelas, torne-se professor.
— Mas eu não estou perdendo tempo. Quero poder ler, escrever e cozinhar.
Você massageia as têmporas, de cabeça abaixada.
— Então vá me ajudar durante as férias.
— Claro que vou, mas não é suficiente, papai. Quero descobrir outra coisa. Repetindo, quero estudar e cozinhar.
— Mas, porra, na sua idade eu era obrigado a mourejar nos fornos porque mal e mal sabia assinar meu nome.
— Justamente, por meu intermédio, quero que você tenha orgulho de sua profissão.
— Como assim? Dar um duro numa cozinha quinze horas por dia, para uns idiotas que vêm encher a barriga e cagar no seu estabelecimento, você chama isso de profissão?
— Se você tivesse dedicado mais tempo a Hélène, se ela ainda estivesse conosco, talvez visse as coisas de modo diferente.

Acabo de apertar o botão da guerra nuclear. Estou consciente disso, mas considero que não tenho muito a perder. Faz tempo que vivemos na incompreensão. Você se levanta da cadeira e me agarra pelo colarinho. Acho que vai me bater. Sacode-me com violência.

— Não fale nunca mais daquela lá. Está ouvindo? Nunca mais.

Você é incapaz de pronunciar o nome de Hélène. Se ela soubesse, a algumas centenas de metros daqui, em que estado você fica só de ouvir falar dela. Olho para você: está vermelho, mal endomingado, com seu pulôver *jacquard* e sua calça deformada sobre os sapatos, sentado na cama do meu cubículo. Hélène deve tomar o café da manhã, corrigir deveres em sua residência ou se enfeitar antes de subir em seu carro alemão.

A chuva começa a tamborilar na claraboia. Você acende um Gitanes. Detesta impasses.

— E aí, o que que a gente faz?

— Tiro o diploma de letras e faço bicos.

Você dá uma tragada furiosa no cigarro.

— Então suspendo a mesada.

É sem apelação. Você bate a porta do quarto, cai o pôster do Led Zeppelin. Você esqueceu os cigarros. Acendo um e me deito. Você é de fato o tremendo "cabeça-dura" descrito por Gaby. Um fundo de tristeza incuba dentro de mim.

6

Consigo um trabalho com Amar. Ele montou um restaurantezinho no alto da rua Battant. Estava procurando alguém para lhe dar uma ajuda. Fomos apresentados junto aos fogões de sua cozinha minúscula, onde Agrîn logo se ajeitou como lavador. Amar me entregou um avental de ajudante, como se eu já estivesse contratado. Perguntou: "Conhece mlukhiya?" Claro que eu não conhecia. "É um prato de festa, como no primeiro dia da primavera." Mostrou-me um pó verde-claro: "É pó de juta-azul, uma planta que nasce embaixo das palmeiras. Com ela se faz molho." Cortou um grande pedaço de acém, acariciando antes o longo fuso grená. "Bonito, hein?" Um homem que gostava do acém como me fora ensinado por meu pai não podia ser ruim. Ele havia envolvido a carne em alho e num belo pó cor de terra-de-siena. "É bsar, mistura de condimentos fabricada por minha mãe. Ela põe canela, alcaravia, funcho", contou Amar, acrescentando pimenta de Espelette, azeite de oliva e concentrado de tomate para criar uma massa intensamente perfumada em torno do acém.

Amar contou-me de sua juventude do outro lado do Mediterrâneo: a mãe lavando ervas numa peneira de palmeira, cozinhando a mlukhiya. "Repito os gestos dela. Passei a infância olhando-a cozinhar. Eu fazia as compras, ia buscar peixe no porto, trazia cúrcuma para moer no moleiro do bairro." O pai saíra do interior para trabalhar numa fundição na França. Pensei de novo naqueles soldadinhos do taylorismo, naqueles "escurinhos" que meu professor do liceu desprezava. "Quando vinha trabalhar na França, meu pai me dizia: 'É você o pai de seus irmãos, não tem o direito de ficar andando na rua.'" Quando escrevia, era Amar que lia as cartas para a mãe. O filho sonhava ter a vida do pai, acompanhando as etapas do *Tour* da França, descobrindo as paisagens e os produtos locais. Desde então, Amar é imbatível em geografia e queijos. Trabalhou em todas as profissões antes de atravessar o Mediterrâneo e desembarcar, certo amanhecer, na estação de Viotte.

Amar despejou pó de juta-azul no azeite de oliva quente, e o pó virou verde-garrafa. Nele depositou os pedaços de acém que tinha deixado cozer em fogo brando num molho aromatizado com ervas cortadas e cogumelos.

Estou abrindo a porta de um mundo que me fascina, o dos condimentos. Com meu pai, só conhecia a pimenta-do-reino, os quatro temperos e a noz-moscada. Amar me faz descobrir o cardamomo em seu arroz-doce, a cúrcuma em suas almôndegas de vitela, a canela em sua calda de frutas cítricas, o anis-estrelado com rim de vitela. Fez questão que eu saboreasse sua *chorba* de siba antes de me contar seus primeiros passos na cozinha. "Vai ficar como manteiga na boca. Mas ainda precisa de um pouco mais de alho e salsão." Tinha começado lavando pratos, depois um velho *chef* o pôs sob suas asas. Aprendeu um misto de cozinha burguesa e bistrô, em que o coelho com mostarda convivia com linguado à *meunière* e crepes Suzette. Quando seu mentor se aposentou, Amar passou à chefia.

A mlokhiya estava cozida, luzente como uma lagoa de tinta preta. Com arte, Amar plantara três folhas de louro sobre um pedaço de acém, cor de cacau. A carne estava macia, o molho, sedoso como ganache, com delicado verdor. Nós o degustamos apenas com pão.

Com Amar, aprendo que a cozinha pode estar na encruzilhada de todos os caminhos. Faz-me cozinhar linguiça de Morteau em cassolé, com os temperos da mãe; ensina-me a preparar a sêmola de cuscuz para acompanhar a caçarola borgonhesa; faz-me descobrir sua receita de torta marroquina de pato com laranja. Quando amarro o avental de ajudante, ainda não sei se algum dia vou ter direito a uma aula prática sobre sua água de flor de laranjeira ou sua versão das batatas de caçarola que parecem saídas de uma cozinha vosgiana e que ele guarnece com cúrcuma. Para ele, o condimento não é a cereja do bolo, mas conta a história de homens que vivem entre a rua Battant e o outro lado do Mediterrâneo. Amar ri daqueles que ainda não entenderam: "Quando estou em minha terra, as pessoas me dizem: 'Você faz pizzas', e, quando estou aqui, me dizem: 'Você faz cuscuz.'" Agrîn diz que ele é como a figueira: cresce sem nunca renegar suas raízes tentaculares.

Aos domingos, o pequeno restaurante de Amar se transforma num caravançará em que fregueses cativos e de passagem se misturam para um café prolongado, um copo de Chardonnay e um tira-gosto. Há quem leia *L'Est Républicain*, rememore o jogo do FC Sochaux, arrisque uma paquera, na esperança de uma sesta encantada. Amar é um pouco o griô da rua Battant. Confia os fogões a mim e a Agrîn. Nessas ocasiões, podemos dar livre curso às nossas inspirações desenfreadas. A cada domingo, recaio em minha indefectível omelete de batatas, acrescentando cebolas novas, coentro, pimenta fresca, de acordo com o que houver na despensa. Agrîn prepara seu famoso caviar de berinjelas e pepinos no iogurte. Com ele, também faço charutinhos, essas folhas de videira recheadas de arroz, de que você vai gostar tanto quando ficar doente.

Nessa manhã, entrego-me à preparação de um arroz pilaf que vou apresentar numa travessa no meio dos fregueses. Devo admitir que, para mim, o arroz foi por muito tempo um grude embucha-cristão, inevitável com a *blanquette* de vitela e o peixe de sexta-feira. Tivemos discussões homéricas em torno do cozimento de massas, arroz e legumes. Você vinha de uma época em que era preciso fazer o fogo estrugir debaixo dos alimentos, com o risco de servi-los encharcados e informes. Quando comecei a cozinhar vagens *al dente*, você me perguntou se eu queria falir. Disse-me várias vezes: "Tudo isso é moda." Mas a curiosidade venceu. Lembro como você reclamou quando experimentou meu arroz pilaf: "Não está cozido." Depois veio pedi-lo: "Faz aquele seu arroz?" Gosto do arroz quando ele começa a cantar na manteiga da frigideira. Doura-se soltando um cheiro de avelã grelhada. Gosto das conchas de caldo que o fazem estremecer antes de murmurar suavemente, ao absorver o líquido. Estou dourando pinhões e uvas-passas para acrescentá-los ao arroz quando Amar me chama: "Alguém quer falar com você."

Reconheço a silhueta imponente de Gaby. Está usando uma jaqueta de camuflagem inglesa que desperta a curiosidade dos fregueses. Deixou crescer os cabelos e a barba branca. Pisca para mim, adiantando-se com um caixotinho:

— Tome, guarde isso. Entrega em domicílio: são aspargos selvagens diretamente do meu pedaço. E silêncio sobre a proveniência deles.

Ofereço-lhe um café. Gaby enrola um cigarro. Não conhece proibições, muito menos a de fumar num bistrô. Ele não tem jeito de estar de fato com pressa.

— Fica para comer conosco?

Ele hesita.

— Tudo bem, mas rápido, eu não disse a Maria aonde ia.

Passo na frigideira um bom punhado de aspargos selvagens e o acrescento ao arroz. Faço um grande prato para nós.

— Não quer comer lá fora? O tempo está bom — propõe Gaby.

Vamos nos sentar num banco da pracinha em frente ao restaurante. Gaby fica virando a colher enquanto eu começo a comer. Desconfio de que ele não foi até lá só para compartilhar o que coletou pelos campos. Olha-me sério:

— Seu pai está doente.

Gaby não é de poucas palavras, principalmente quando brinca, mas suas frases são curtas quando aborda o essencial. Não espera que eu o provoque.

— Câncer de pulmão. Podem tirar um pedaço, mas ele não quer.

Fica mastigando demoradamente um bocado.

— Sabe desde quando?

Parece aborrecido.

— Já faz algum tempo. Mas ele não queria que lhe dissessem.

— E por que não quer ser operado?

— Diz que não quer se sentir diminuído, que, de todo modo, está ferrado, que tudo está ferrado.

— É bem ele. Sempre quis decidir tudo.

— Não acredita nos médicos quando dizem que ele tem boas chances de sair dessa. Além disso, o restaurante não vai lá muito bem.

— Como assim?

— Seu pai envelheceu muito. Meu irmão não pode fazer tudo. E eu também acho que ele está sendo minado pela concorrência. Você sabe, agora, ao meio-dia, as pessoas preferem ir ao *shopping* e comer nas cafeterias.

— Ele fala de mim?

— Diz que agora você está bem encaminhado na vida. Que, com o estudo, vai ter boa situação.

— E a cozinha, para mim? Continua não querendo ouvir falar?

Gaby suspira. Larga a colher e me segura pelo ombro.

— Você precisa ir vê-lo, menino. Precisam conversar.

— E você acha que é fácil?

— Não faça a besteira que nós fizemos. Nossos velhos tinham sido destruídos pela guerra de 14. Voltaram estropiados, beberrões, mudos. Conversem, pelo amor de Deus.

— Quem está a par do câncer?

— Eu, Maria, Lucien, Nicole.

— A família. E Hélène?

Gabriel franze a testa, como se eu acabasse de dizer uma incongruência colossal.

— Hélène?

— É, ué, Hélène. Ela fez parte da vida dele, da minha vida.

— Mas ninguém sabe onde ela está.

— Eu sei.

Tenho a impressão de que nossa conversa deixa Gaby meio tonto, principalmente quando acrescento: "Vou falar com ela."

Acompanho Gaby até seu Renault 4. Enrolei um cigarro com o fumo dele, Scaferlati.

— Vai falar com ele?

— Depois de falar com Hélène.

Tudo acontece muito depressa, como nos filmes da minha infância, quando se podia acelerar as imagens girando mais rapidamente a manivela do projetor. Tomo um copinho de *boukha* e disco o número de Hélène. Atende uma voz de homem.

— Desculpe incomodar, será que eu poderia falar com Hélène?
— Vou passar.
— Alô?
— Bom dia, aqui é Julien.

Ouço vozes de crianças. Hélène diz:
— Feche a porta, por favor.

7

Estou sentado na beirada do Doubs. Faço pedrinhas ricochetearem na água para matar o tédio. Gesto mágico. Ela vai chegar quando a pedrinha saltar três vezes. Minhas mãos tremem. A primeira coisa que vi dela foram os tênis, embora esperasse vê-la de botas de cano longo. Veste *jeans délavé* e um pulôver azul-marinho. O cabelo está preso num rabo de cavalo. Sua pele me parece bem mate. Levanto-me e subo pela margem. Reconheço seu perfume quando ela me dá um beijo. Seu sorriso é afetado pela emoção. Não sei o que dizer, a não ser, acanhadamente: "Aonde a gente vai?" Ela diz: "Andamos, está bem para você?" Para mim está bem.

Há narcisos por todos os lados na grama. Fixo o olhar neles, infinitamente perturbado. Eu sei que ela sabe disso. Com inteligência, ela me leva a falar dos meus estudos. Falamos de Goldoni, que me alegra, de Robbe-Grillet, que me intriga, de Gracq, de cujos livros gosto tanto nas edições Corti. Ela assume um ar divertido.

— Seu professor de literatura comparada gosta muito de você.
— Como sabe?
— É amigo meu.
— Mas como sabia que eu estava no curso dele?

Há o barulho da água que corre sobre uma barragem de pedras, os amentos dos salgueiros voando. Ela me olha com ternura. Suas palavras saem como uma evidência afetuosa. Como quando o cabeleira de nariz de passarinho nos fala da vida em Shakespeare.

— Você nunca me abandonou, Julien, nesses anos todos. Nem quando me casei e tive filhos. Você estava o tempo todo perto. Além disso, o mundo é pequeno: mantive contato com alguns professores seus no colégio e no liceu. Eles me davam notícias suas.

— E seu número de telefone, como fez chegar até mim?

— Por sua professora de francês. Ela também estava convencida de que você se matricularia em letras.

A raiva cresce.

— A senhora ficou me espionando na surdina enquanto a gente estava na merda.

— As coisas não aconteceram de fato assim.

— Quem foi embora não foi a senhora?

Estou debruçado sobre o cigarro que enrolo, mas percebo seu silêncio constrangido.

— Será que poderia enrolar um para mim, por favor?

— É forte.

— Forte como os Gitanes de seu pai?

— Ele está com câncer no pulmão. Foi por isso que decidi falar com a senhora. Ele não quer se tratar.

Hélène virou bruscamente a cabeça para o Doubs. Aspira uma longa tragada e fala com voz monocórdia.

— Não foi paixão fulminante quando conheci seu pai. Foi quando o vi sozinho com você que comecei a amá-lo. Muito forte. Eu, que vinha de ambiente burguês, logo me senti bem com vocês dois. Gostava de seu pai por aquilo que ele era. Gostava das mãos dele arruinadas pela cozinha. Nunca gostei tanto das mãos de outro homem. Gostava do saber de trabalhador dele, mas também de sua ignorância. As perguntas dele me comoviam, quando eu falava de um livro ou de um autor. Ele, quando não sabia, não tentava enganar como as outras pessoas.

— Mas então por que se separaram?

Hélène me lança um olhar dorido.

— Eu queria que a gente se casasse. Não era tanto o casamento que me importava, mas, sim, minha vontade de adotar você. Mas seu pai não queria. Mesmo assim, eu fui devagar, para não o forçar. Mas ele continuava fechado no luto de sua mãe. No começo, quando você me chamava de mãe, eu sentia que ele ficava ao mesmo tempo feliz e triste. Um dia, ele me disse: "Você reacendeu a luz em minha vida." Mas acho que ele nunca conseguiu sair da escuridão.

— Por causa da minha mãe?

— Provavelmente, mas não só. Ele me amou muito, mas nele havia sombras que vinham de longe. A infância em Morvan, a Argélia... Mesmo que nunca falasse disso.

— Por que não tiveram filhos?

— Ele não queria. Para ele, você bastava.

— Eu era o estorvo, é isso.

— Não diga nunca isso. Ele ama você acima de tudo.

— Sim, mas ama mal.

— Cada um ama como pode. Ser pai ou mãe é a profissão mais difícil.

Hélène afasta-se na noite, entre as grandes árvores de Chamars. Antes de nos separarmos, ela me beija e murmura:

— Se soubesse quanta saudade eu tive de você.

8

Domingo de outono. Estamos sentados na beira do rio. Você está encostado a uma árvore. Pus uma almofada atrás de suas costas e um cobertor sobre a relva. Você não se queixa. As metástases pululam em seu corpo. Os médicos só lhe dispensam cuidados paliativos, como dizem. Você belisca uma batata frita com um copo de Côtes du Rhône. Comprei um frango assado.

— Papai, quer o quê?
— Como se você não soubesse!
— As duas asas e o sobrecu então.
— Só uma asa chega.

Quase digo: "Você precisa comer." Besteira minha, a carne do frango está seca e sem gosto.

— Já vimos frangos melhores, não?

Você mordisca a asa. Guarda os ossos no saco de papel e pega uma pera. Descasca e corta a pera com sua faca Pradel.

— Quer um pedaço?
— Sim, obrigado.
— Bela fruta, a pera. Vai lhe servir durante todo o inverno.

Você olha além do rio e acrescenta: "Quando estiver na cozinha."

Engulo um grande trago de vinho que me afoga o coração. Sou incapaz de responder. Minha respiração está cortada pela emoção. Você sabe disso, ainda que continue não olhando para mim. O silêncio lhe dá prazer.

— Lá, perto da margem, fica um ratão-do-banhado. Sabe que é muito bom o ratão-do-banhado, como guisado e terrina?

Você fala de ratão-do-banhado na hora em que sacode minha vida como uma ameixeira.

— Jogue essa carcaça na água, os peixes vão ficar felizes.

Obedeço como uma criança.

— E, quando fizer frango, sempre na *cocotte* no forno. Com um limão no cu. O importante é regar regularmente com seu próprio suco.

Você morde um pedaço de pera erguendo os ombros.

— Bom, nem sei por que estou dizendo tudo isso. Você me viu fazer, não?

Levanto-me num pulo. Tenho lágrimas nos olhos e estou enfurecido. Tenho vontade de gritar: "E o que é que eu vou fazer, quando você já não estiver aqui?" Vejo sua morte próxima, a ausência, o barulho das panelas, que não será o mesmo às sete da manhã. O café sem você. Descascar legumes sem você. Cebolas dourando na caçarola sem você. A terrina sem você. A hora do sufoco sem você para gritar: "Cuidado, as batatas estão grudando!" Já não haverá a primeira fatia do queijo de cabeça degustada juntos antes do seu último Gitanes.

Percorro a margem a passos largos. Um diacho de alegria surda compensa a ira. Você acaba de me passar o bastão entre o sobrecu de um frango ruim e um pacote de fritas industrializadas. Você delega. Como se me dissesse "O sal" ou "Vire o crepe". Acho impiedosa a sua emboscada. Mas é você, e vê em mim um cozinheiro. Você se levantou. Está na beirada da água. De costas para mim.

— Sente-se, meu menino.

O pior é que você me desmoraliza como um menininho.

— Lembra o *Tout l'univers?*

— Lembro.

— Você ficava o tempo todo lendo, eu tinha prazer em comprar livros para você. E tinha orgulho de tudo o que você sabia.

Silêncio.

— Agora quem lê sou eu. Não paro. Nunca me canso de tantas e tantas páginas. E dizer que precisei ficar neste estado para começar a aprender. Por isso é que eu queria que você fosse à escola.

— Mas, papai, você tem ouro nas mãos.

— Ouro dos pobres... Quando fazemos um prato, ninguém nos vê. Quando a gente está em apuros na cozinha, ninguém ouve. As pessoas comem. Só isso.

— Mas as pessoas vão ao Relais Fleuri pelo que você faz.

— Pelo que eu fazia, Julien.

— Nada disso. As pessoas continuam indo por causa de sua cabeça de vitela, sua caçarola borgonhesa. Todo mundo sabe que o Relais Fleuri é você. Aliás, se você quisesse, a gente teria ganhado a estrela.

Você sorri.

— Não existem grandes *chefs*, só existem grandes mesas. O Relais Fleuri é um barzinho na frente de uma estação.

— Como o "três estrelas" dos irmãos Troisgros.

Cada um com seu prato mítico: eles, escalope de salmão com azedinha, você, o volovã.

Você dá uma gargalhada.

— Você não tem dúvidas!

— Está me censurando?

— De jeito nenhum! Sou eu que duvidava que você pudesse fazer um curso superior e ao mesmo tempo aprender essa porra de profissão.

— E agora?

— Você tem os fogões e os livros. Você é que sabe de seu futuro. O que aprendeu nunca será perdido.

Acendo o fogão para esquentar a água. Passo o café com sua concha. A mobilete de Lulu ronca no pátio. Olho o relógio de parede: sete e meia. Limpo cenouras e cebolas para fazer o *court-bouillon* das molejas de vitela com vermute. Você é minhas mãos quando deposito as molejas de vitela na manteiga; meus olhos, quando as douro; minha intuição, quando doso o vermute e o caldo. Lucien se surpreende quando lhe peço que experimente.

— Mais um pouco de pimenta-do-reino, sugere.

— Por que meu pai deixou de experimentar quando cozinha?

— Acho que ele perdeu o paladar.

— O quê?

— Nunca me disse claramente. Foi depois da morte de sua mãe e principalmente depois da partida de Hélène... Eu percebi que havia um problema, a coisa nunca funcionava.

— E como ele faz?

Lulu morde os lábios como se fosse dizer uma besteira.

— Você o conhece, ele sempre confiou na mão para dosar o sal. Quanto ao resto, vai no faro. E às vezes, entre dois pratos, ele me diz assim: "Você experimentou, Lulu?"

— E você experimenta?

— É, não, faço de conta. Ele nunca se engana.

Toda noite, às seis e meia, subo com duas tigelas de sopa, que comemos juntos. Você gosta muito da de batata e agrião. Conta *Les colonnes du ciel*,[17] de Bernard Clavel, que devorei quando era adolescente e você está lendo. Fica fascinado por um escritor ter conseguido situar a ação de seus livros em paisagens familiares. Fala-me de Vieille-Loye, aldeia situada no meio da floresta de Chaux, aonde você ia colher cogumelos e pescar vairões.

Não adiantou eu instalar uma poltrona na cozinha, você nunca vem se sentar nela. Prefere ficar no quintal. Precisa de ar. Mas, de cozinha, nunca mais falou comigo nem com Lucien. Um dia, consigo bons frangos no mercado. Estou pensando em fazê-los ao modo Gaston Gérard, mas tenho vontade de lhe pedir sua versão dessa receita dijonesa que casa queijo *comté* com mostarda. Você nem sequer ergue os olhos do livro. "Tenho certeza de que ficará bom do modo como você fizer." Prefere falar de *Seigneur du fleuve*.[18] Sempre Bernard Clavel. Fico lá, sem ação.

---

17. Literalmente, *As colunas do céu*. [N.T.]
18. Literalmente, *Senhor do rio*. [N.T.]

Nem uma novidade em seu prato provoca qualquer reação. Incluo no menu filés de cavalinhas no molho de soja e gengibre e o arroz pilaf que aprendi com Amar. Não tenho certeza do resultado, pois os *habitués* não vêm ao Relais Fleuri em busca de exotismo. Lucien fica pensativo quando me vê chegar com uma caixa de papelão cheia de temperos e aromatizar o azeite com cominho, anis-estrelado e erva-doce. Você saboreia a cavalinha, escarafuncha o arroz com os dentes do garfo. Junto ao fogão, fico observando. Quando traz o prato de volta, tem um sorrisinho nos lábios. Substituiu o Gitanes por uma taça de mousse de chocolate. Com ar de quem não quer nada, disseca minhas receitas em seu prato, mas não diz uma palavra. Volta às suas leituras e aos documentários no canal Arte.

Reflito nas perguntas que você fazia a Hélène quando ela corrigia lições e preparava aulas. Finalmente pode matar a sede de saber. Não sei se você é outra pessoa ou se por fim o conheço. Recupero seus gestos e seus conselhos quando uso suas "ferramentas", como diz. No começo, era desajeitado. A palma de minha mão e meus dedos perdiam-se nos cabos e nas lâminas que haviam conhecido apenas sua mão. Quando estou pelejando, Lulu nunca me diz "Seu pai faria ou fazia assim", mas "Você deveria fazer assim".

À noite, depois do expediente, empurro devagar a porta de seu quarto. Você me pede que acenda o abajur. Pergunta por que eu não seria cozinheiro de um bilionário russo. "Ganharia milhões. Poderia transformar o Relais Fleuri em Relais & Châteaux." Rimos com gosto. Sei que, no íntimo, você teme o momento em que vou me deitar na cama onde você dormia, perto dos fogões. Quanto mais as noites passam, mais tempo me demoro. Você é como essas crianças que têm medo de ficar sozinhas no escuro e não largam nosso pescoço na hora de dormir. A morfina às vezes o leva para viagens solitárias em que você estertora sonhos dolorosos. Mas, quando o dia volta e você tem forças, quer que eu o leve para dar mais uma voltinha. Eu o instalo no carro, ponho o rádio para tocar Michel Delpech e vamos andar pelo caminho à beira do canal. Você me mostra um amontoado de ruínas invadidas por heras e espinheiros. Conta que era um restaurante-cabaré aonde ia comer cadoz frito e dançar com minha mãe. Pouco antes do Natal, quer ir ao cemitério. Passamos pela florista. Compro rosas brancas. Quando volto ao carro, você murmura: "Não essas, eu disse rosas de Natal." Volto para comprar heléboros. Você os contempla. Como se meditasse que eles iam florir os dois, você e mamãe. Em breve.

Epílogo

— Suas mãos são iguais às dele.
— Por que diz isso?
— As manchas escuras na pele e as palmas vermelhas.
— Queimaduras, bafo quente do fogão e das panelas.
— Sei.

Estou batendo uma omelete. Hélène pega minha mão. Deixo o garfo cair nos ovos.

— Feche os olhos.
— Por quê?
— Escute, não tenha medo.

Sinto a mão dela guiar a minha em direção à bancada.

— Olhe.

Reconheço a capa de couro. É o caderno de receitas. Volto-me, como se você estivesse às minhas costas. Hélène sorri.

— Ele queria que eu lhe trouxesse quando tudo estivesse acabado. Liguei para ele depois de me encontrar com você. Conversamos por muito tempo.

Hesito em tocar o caderno. No fundo, ele nunca me abandonou. Ao me privar dele, você reforçou minha vontade de aprender essa profissão que lhe foi tão difícil me transmitir. Volto a bater a omelete.

— Como foi que ele lhe entregou?
— Isso é importante para você?
— É.

Paro de bater a omelete.

— Não, no fundo.

Muitas vezes me imaginei encontrando seu caderno, exultando ao ver esse troféu. Hoje, estou tranquilo, mexendo a omelete na frigideira. Acabo por abri-lo nas primeiras receitas copiadas por Hélène. Depois, a caligrafia, sempre a lápis de papel, muda e vai até a última página. Você anotou tudo de suas receitas, de *quenelles* gratinadas a geleia de framboesas, passando pelo *navarin* de cordeiro. Cada uma delas está sublinhada. Os ingredientes estão indicados meticulosamente. Assim como os tempos de cozimento. Você chega até a fazer comentários: "Quando escolher alcachofra-brava, pegue de preferência as pequenas e de cor branco-mate."

Em cada página, há algo de você. De seu primeiro Gitanes da manhã, bebendo a caneca de café; de seus humores sem palavras que só Lucien sabia decifrar; de sua generosidade, que o impediu de enriquecer; da humildade de se apagar atrás de seus pratos; de seu talento para salvar o serviço quando todo mundo queria comer ao mesmo tempo ou estava em falta algum prato; daquela imaginação invisível que lhe inspirava uma receita com quase nada; de seu respeito por todos os ingredientes, da migalha de pão ao cogumelo; de sua obstinação em cozinhar das 7 às 23 horas sem nunca se queixar.

— Ele não lhe deu seu lápis de papel?

— Deu, sim, tome.

Apalpo o fino lápis gasto. Na primeira página, que estava em branco, escrevo:

A boa cozinha é feita de lembranças — Georges Simenon.

Jacky Durand sobre a ambientação de seu romance no Leste da França:

Decidi ambientar meu romance no Leste da França, região que não tem a mesma fama da Borgonha vinífera nem de Lyon, do falecido Paul Bocuse. É uma região bastante simples, mas é essa simplicidade que confere singularidade à culinária francesa: você se delicia com uma simples e caseira carne à borgonhesa ou com uma costeleta de vitela elevada à sublimidade pelas mãos do *chef* Pierre Gagnaire. O comum e o extraordinário andam de mãos dadas quando se trata do prazer do paladar.

Eu quis falar da França que está sempre à mesa de refeições. Quis dividir o prazer de um prato, do mais simples à fina cozinha do guia Michelin. Trocar lembranças do que já comi, voltar aos sabores da infância, transmitir receitas para a próxima geração. A França continua sendo hoje — e espero que também no futuro — o país onde se come conversando sobre o que se comeu ontem e o que ainda se virá a comer, durante a refeição. Falando do *ensopado de vitela*, como o que minha avó fazia, ou sobre o salmão com molho de azedinha, que fez a fama dos irmãos Troisgros em Roanne.

O caderno de receitas do meu pai fala de tudo isso por meio da história de um pequeno bistrô situado em frente a uma estação de trem no interior. Quero prestar homenagem às mulheres e aos homens que, todos os dias, nos dão tanta alegria no anonimato de suas cozinhas. Quase que se poderia dizer: não há *chefs* excelentes nem humildes. Existe apenas a generosidade de mostrar o amor por meio do alimento. O gosto da vida, se preferir.

Receitas

Sopinha da felicidade

2 cenouras
1 alho-poró
1 colher de manteiga
1 cubo de caldo de galinha

Pele as cenouras; limpe e lave o alho-poró. Só será usada a parte branca: a parte verde, picada e refogada com um pouco de manteiga, combina maravilhosamente com qualquer peixe. Para a nossa sopa, corte à juliana as cenouras e a parte branca do alho-poró.

Numa panela pequena, frite os legumes na manteiga. Acrescente meio litro de água (ou mais, se quiser uma sopa mais diluída), adicione o caldo de galinha e moa um pouco de pimenta-do-reino; tampe a panela, *e pronto*! Deixe sua obra-prima em fogo brando, tapada, por alguns minutos, até que os legumes fiquem bem macios.

Sirva de preferência em tigela de vidro, pois essa sopinha agrada também aos olhos, além do paladar. Claro, pode-se embeber nela algum pão amanhecido, adicionar um punhado de macarrão cabelinho de anjo ou uma colher de sopa de *crème fraîche*.*

---

* Receita de *crème fraîche*: misture 240 ml de creme de leite fresco pasteurizado com 30 ml de iogurte integral em um recipiente de vidro. Cubra-o com plástico filme e deixe a mistura repousar à temperatura ambiente por cerca de 12 horas, até espessar. Pode ser conservado na geladeira por uma semana.

Salada de dente-de-leão

1 colher de sopa de mostarda
1 colher de sopa de vinagre de vinho tinto
600 g de folhas de dente-de-leão
200 g de bacon
1 colher de sopa de azeite de oliva
Pimenta-do-reino

Numa tigela, misture a mostarda e o vinagre com a pimenta. Acrescente as folhas de dente-de-leão, lavadas e secas. Corte as fatias de bacon em tirinhas e frite no azeite até dourar. Despeje o bacon e o óleo liberado durante a fritura sobre as folhas de dente-de-leão; mexa e sirva.

Também é possível acrescentar nozes, ovos cozidos ou *croutons* temperados com alho.

Gratinado, ao estilo Franche-Comté

1 kg de batatas
2 dentes de alho
Um bom pedaço de queijo comté
200 g de bacon
Manteiga
Pimenta moída
1 copo de vinho branco seco (opcional)

Descasque e corte em fatias as batatas. Pique os dentes de alho, rale o queijo e corte o bacon em tirinhas. Unte uma travessa com bastante manteiga e coloque uma camada de batatas, polvilhando com um pouco de sal. Em seguida, espalhe uma camada de bacon cortado, queijo ralado, um pouco de alho, algumas lascas de manteiga e um pouco de pimenta; repita até terminar com uma última camada de queijo. Nesse ponto, pode-se umedecer tudo com um copo de vinho branco seco. Leve ao forno por 45 minutos a 220°C.

Sirva com uma salada fresca da estação.

Carne de panela com cenouras

1 kg de cenoura
Manteiga
Óleo de amendoim
1 kg de acém ou agulha cortado em pedaços grandes
4 chalotas, descascadas e cortadas em fatias finas
3 folhas de salsão
1 folha de louro
Um raminho de tomilho
Sal e pimenta

Lave e pele as cenouras. Corte em cubos grandes. Numa panela grande, derreta duas porções de manteiga com um fio de óleo para selar a carne dos dois lados. Acrescente as chalotas. Quando estiverem douradas, adicione as cenouras e as folhas de salsão. Tempere com sal, pimenta, adicione o louro e o tomilho. Tampe e deixe cozinhar em fogo brando por pelo menos três horas.

Pode ser necessário acrescentar um pouco de água quente enquanto a carne cozinha, pois ela deverá ficar bem macia. Conforme o gosto, também é possível acrescentar um pouco de cominho, raspas de laranja, limão em conserva, *ras el-hanout*, coentro fresco, estragão, azeitonas pretas...

Sirva sem acompanhamento ou com uma massa, arroz ou batatas.

Pot-au-feu
(guisado de carnes)

Um rabo de boi cortado em pedaços, amarrados com barbante
1 kg de costela premium
1 kg de acém
6 ossobucos
1 cebola com dois cravos espetados
Um ramo de cheiros feito com salsa, tomilho, duas folhas de louro e um talo de salsão
4 nabos
4 cenouras
3 alhos-porós
6 batatas ligeiramente cozidas
5 grãos de pimenta-do-reino
Sal marinho

Numa panela grande, ponha as carnes com a cebola, o ramo de cheiros, o sal e a pimenta. Cubra tudo com água fria. Deixe ferver. Com uma peneira, retire de vez em quando as folhas soltas que vêm à tona. Cozinhe em fogo baixo durante 2 ½ a 3 horas. Enquanto isso, pele e lave os legumes. Corte a metade do alho-poró e reserve o talo. Acrescente os legumes às carnes e deixe cozinhar mais meia hora. Aqueça no forno uma travessa para servir e nela coloque as carnes, com os legumes e ossobucos ao redor.

Sirva com pepinos em conserva, sal marinho, cereais integrais e mostarda de Dijon.

Frango assado à Monsieur Henri

Um frango caipira de bom tamanho
Manteiga
4 chalotas
2 dentes de alho
1 copo de água
1 copo de vinho branco
200 ml de crème fraîche
1 gema
Sal e pimenta

Corte o frango em oito pedaços. Tempere-os com sal e pimenta. Em uma panela, aqueça uma boa porção de manteiga. Frite os pedaços de frango e, quando começarem a ganhar cor, acrescente as chalotas e os dentes de alho descascados, deixando fritar por alguns minutos até que fiquem dourados. Acrescente a água e o vinho, tampe e deixe cozinhar em fogo brando por 25 a 30 minutos. Retire os pedaços de frango. Numa tigela, misture delicadamente o *crème fraîche* e a gema de ovo. Despeje na panela e misture com o caldo do cozimento em fogo brando. Em seguida, coloque os pedaços de frango e deixe cozinhar por mais 3 a 4 minutos.

Sirva os pedaços de frango com o molho e arroz.

Repolho recheado

1 cubo de caldo de legumes
1 repolho-crespo
3 chalotas
2 dentes de alho
Alguns ramos de salsinha

500 g de carne moída
500 g de linguiça
2 ovos
1 kg de batatas bem pequenas
Sal, pimenta, azeite e temperos a gosto, como ervas da Provença, pimenta Espelette em pó, pimenta cambuí (aroeira-mansa).

Aqueça uma panela de água com o caldo de legumes esfarelado. Enquanto a água ferve, destaque cuidadosamente as folhas de repolho e limpe-as. Quando a água estiver fervendo, faça o branqueamento das folhas durante 2 a 4 minutos, até que fiquem tenras. Escorra. Descasque as chalotas e o alho e pique em pedacinhos. Corte a salsinha. Misture com as carnes, os dois ovos e tempere a gosto. Coloque as folhas do repolho, uma a uma, sobre uma tábua de cortar e ponha um pouco da mistura do recheio em cada uma delas. Dobre as pontas das folhas para dentro e enrole firmemente. Depois de rechear as folhas — podem ter sobrado algumas —, coloque-as numa assadeira e regue com azeite. Pode-se acrescentar sal a gosto, uma pitada de pimenta moída e alguns grãos de pimenta cambuí. Asse no forno a 180°C.

Cubra outra assadeira com algumas das folhas restantes e reserve outras. Ponha as batatas por cima, tempere, regue com azeite e polvilhe algumas ervas da Provença ou um raminho de alecrim. Cubra com as últimas folhas restantes e ponha para assar até que as batatas estejam cozidas, cerca de 40 minutos. Aqueça as folhas de repolho recheadas e sirva tudo junto.

Cavalinhas em vinho branco

1 kg de cavalinhas inteiras
2 cebolas
2 cenouras
1 garrafa de vinho Muscadet

2 ramos de tomilho
1 folha de louro
1 cravo
Algumas sementes de coentro
200 ml de vinagre de cidra
1 limão
Alguns grãos de pimenta
Sal

Limpe e enxágue as cavalinhas, secando-as com cuidado. Coloque-
-as numa travessa, polvilhe com sal e deixe descansar por duas horas.
Enquanto isso, descasque as cebolas, pele as cenouras, corte-as em
cubos e coloque-as numa frigideira ou caçarola com o vinho branco e
os outros ingredientes, exceto o peixe, o vinagre e o limão. Deixe ferver
por 10 minutos, acrescente o vinagre e o limão e deixe cozinhar por
mais 5 a 10 minutos. Escorra as cavalinhas e coloque-as nesse caldo,
deixando 10 minutos. Em seguida, disponha as cavalinhas numa terrina,
alternando cabeça e rabo, e despeje o caldo sobre elas.
Deixe na geladeira durante a noite e sirva frio no dia seguinte.

Torta de abrunhos

250 g de farinha
100 g de manteiga
Uma pitada de sal
Meio copo de água
125 g de açúcar
50 g de semolina
1 kg de abrunhos
1 gema de ovo

Primeiro peneire a farinha numa tigela grande e acrescente a manteiga em pedaços, trabalhando-a na farinha com as pontas dos dedos. Misture a gema de ovo com o sal e a água e acrescente a mistura à tigela. Sove a massa por mais ou menos um minuto — não mais para não derreter a manteiga! — e molde uma bola. Polvilhe com farinha, cubra com película plástica e leve à geladeira por uma hora. Forre o fundo de uma fôrma de torta com papel-manteiga e coloque a massa já aberta. Fure com um garfo e polvilhe com 50 g de açúcar e 50 g de semolina, para absorver o suco dos abrunhos. Preaqueça o forno a 200°C.

Lave e seque 1 kg de abrunhos. Corte-os ao meio e tire os caroços. Coloque-os com cuidado sobre a massa, virados para cima, bem juntos, formando uma espiral. Polvilhe 75 g de açúcar sobre as frutas e leve ao forno até que fiquem caramelizadas.

Clafoutis de cerejas

500 g de cerejas, sem os cabinhos
3 ovos
60 g de açúcar refinado e mais um pouco para a cobertura
180 g de farinha
500 ml leite
Manteiga
Sal

Preaqueça o forno a 200°C. Lave e seque as cerejas. Bata os ovos com o açúcar e uma pitada de sal. Adicione lentamente a farinha e depois o leite, de tal modo que se obtenha uma massa homogênea. Se quiser que o recheio seja mais rico, pode acrescentar 25 g de manteiga derretida. Adicione à mistura as cerejas inteiras (com caroços!). Unte levemente uma assadeira rasa e despeje a massa. Leve ao formo por 45 minutos a uma hora, até ficar dourada e que seja possível sentir o aroma das cerejas. Polvilhe com açúcar assim que sair do forno. Se parecer um pouco seca, passe por cima algumas porções de manteiga. Essa sobremesa também pode ser feita com damascos ou ameixas pequenas.

Agradecimentos

A Camille de Villeneuve, pelo olhar e pelos conselhos.

A todas as mulheres e todos os homens, operários da comunicação, na cozinha e em outros lugares, que me alimentaram durante minhas reportagens para o jornal *Libération*.

Impresso no Brasil pelo
Sistema Cameron da Divisão Gráfica da
DISTRIBUIDORA RECORD DE SERVIÇOS DE IMPRENSA S.A.
Rua Argentina, 171 – Rio de Janeiro, RJ – 20921-380 – Tel.: (21)2585-2000